文芸社セレクション

保父と呼ばれていた

大羽 洋

文芸社

目次

第一部　昭和の子どもたちのための物語

さよなら　あんころもち　またきなこ

洋三《ようぞう》さんは、庭の段差で転んで大腿部を骨折して以来、外出することがめっきり減りました。

「八十歳を過ぎているとは、とても見えない。」

と周囲の人から感心されるほど、それまでは元気に暮らしていました。夫婦で旅行し、仙台と福岡に住む次男や三男を訪ね、孫の成長ぶりを確かめるのが、大きな楽しみになっていました。

治療が長引くにつれ元気をなくし、日長一日、庭木を眺めたり、碁を並べて過ごすことが多くなりました。

家族も最初はあれこれ気を使いとりなしていたのですが、ふさぎ込むことが増えるにつれ、ほうって置くことが多くなっていきました。

離れでごろ寝していた十月のある日のことです。空中をすまし顔で歩く子どもを見留めたのです。ありえないことですが障子ガラス越しに眺める洋三さんには、そう映ったのでした。

実際は洋三さんの家のブロック塀を平然と歩く女の子を見かけたのです。それはそれで不思議な光景です。

確かめようと障子戸を開けた時には、子どもの姿は何処にもありませんでした。

洋三さんは自分の目を疑いました。

「いよいよ呆けてしまったか。」

と独り言がでるほどの戸惑いでした。

一週間ほどして、また同じ光景に出くわしました時は、人に話さずにはおれなくなり妻の晴恵《はるえ》さんに訴えました。

「空を歩いて、小さな女の子が家にやってきた。」

と、信じがたいことを言う夫に、

「認知症が始まったのかしら。」

と晴恵さんは思いましたが、

「お父さん、きっと夢を見たのよ。」

と、その場を取り繕いました
洋三さんは八十二歳になりますが、晴恵さんは後添えということもあり、七十二歳とまだまだ元気です。共稼ぎの息子夫婦とは生活のペースも違うため、衣食住は別にしています。

洋三さんは孫の裕太《ゆうた》が小さい頃は保育園の送り迎えをすすんで引き受けていました。その孫も中学生になった今は、ろくに口もききません。

晴恵さんは社交好きで同窓の気の合った仲間との旅行や日本舞踊だ、婦人会の役員会だのと忙しく過ごしています。

連れだって出掛けることはなくなりましたが、

「早く元気になって欲しい。」

と心から願っていました。しかし、その夫に認知症の症状が出たと思うと辛くてたまりません。息子やお嫁さんにも相談できずにいました。

そんな折、

「娘の文乃《あやの》が会いに来た。」

と更にショッキングなことを晴恵さんに語ったのです。二人の間には三人の子どもがいますが、みな男です。文乃という名の娘など頭に浮かびません。

思い余ってお嫁さんの和子《かずこ》さんに打ち明けると、和子さんも、

「色々気にかかることがあるのです。」

と言うのです。

「最近、ジュースやお菓子など買い置きしていたものが一度に無くなることが続いたので、裕太に聞いても生返事で埒が明かないままだったのですが、先日、庭を片付けていたら腐ったお菓子がたくさん出てきた。」

と言うのです。

更に続けて、

「お父さんが、時々聞いたことの無い女の人の名を泣きながら呼んだり、わらべ歌のようなものを唱えている。」

と言うのです。

「このところ、いぶかしく思うことが多かったのですが気を悪くしてはと思い、黙っていました。」

と言うのです。

その後、洋三さんの様子を注意深く見守っていた晴恵さんですが、ある時、金の鎖の付いた懐中時計が無くなっているのに気付きました。子どもにも妻にも触らせないほど大切にしていたものです。

洋三さんに問いただすと、

「縁側で磨いていると、文乃が欲しそうにしたのであげた。」

と言うのです。慌てて家中探したのですが見つかりません。

だんだん動きが悪くなり、寝込むことも多くなりました。洋三さんがはっきりした口調で話した最後の言葉が、

「文乃が膝に入ってきて、一緒に御せんべいを食べた。文乃が、やっと許してくれた。」

でした。

そして泣きながら、

「さよなら　あんころもち　またきなこ。」

と、わらべ歌を歌うのです。

家族は、いよいよ症状が進んでしまったと思い、病院に入院させました。入院してからは口を開くことも無くなり、もうろうとした状態が五か月続いた後、五月に洋三さんは亡くなりました。

家族は洋三さんの言動を見聞きするにつけ認知症が進み記憶が混乱し、子どもに戻って亡くなったと思いました。

葬儀の日も、近所親戚ら弔問客からは、

「何も思い残すことのない大往生でしたね。」

と看病をした家族へのねぎらいの言葉がたくさん聞かれました。滞りなく葬儀が執り行われ、親族に担がれ棺が霊柩車に移された時です。

見知らぬ女の子が突然、霊柩車に乗り込もうとするのです。慌てて止めようとすると引っくり返り大暴れするのです。

家族や弔問客がびっくりしていると、赤ちゃんを抱きかかえた女の人が、息を荒げ現れ形相を変え、

「あーちゃんダメでしょ。」

と怒鳴り、車らから引きずり降ろそうとします。それでも聞き入れず、周りの人に押さえられ車から離されると、「ギャーギャー」と火がついたように泣きながら、

「ピカピカ、ピカピカ」

と何回も叫ぶのです。

女の人は気前悪そうに、泣く子を強引に引きずり、その場から慌てて立ち去って行きました。弔問客は狐につままれたような心持ちとなりましたが、読経が再開され霊柩車は火葬場に向け出発していきました。

葬式後の三日目法要の酒席で、古くからの友人である伊藤《いとう》さんに、亡くなるまでの洋三さんの行状を晴恵さんは話しました。

伊藤さんは戦前の満州時代からの同僚で、生死の境をさまよい、日本に一緒に引き揚げてきた間柄でもありました。

洋三さんの様子を聞き、伊藤さんはかつての洋三さんとの満州での様々な出来事を思い巡らしていました。

しばらく考えた末、口を開きました。

「晴恵さんには洋三さんとの約束で内緒にしていたが、実は満州で死んだ奥さんとの間には子どもが一人いて、混乱した時代で戸籍にはいれていなかったが、その子の名前が文乃だ。」

と、言うのです。晴恵さんは驚きました。

「満州からの引き揚げは残酷を極め、食べ物もなく栄養失調に皆陥っていた。疲労困憊した奥さんの貴子《たかこ》さんは、逃避行を続けてハルピンまではなんとかたどり着いたが動けなくなってしまった。

迫りくるロシア兵への恐怖、中国人による仕返しや略奪、それまで親しく接していた日本人同士の足の引っぱりあい、辺り構わず繰り返される喧嘩や裏切りの数々、その中で生きる気力を失い奥さんは……。」

と言い言葉を止めました。

すこし間を空けてから、

「洋三さんと口裏を合わせて『先妻の貴子さんは病気で死亡した。』と親戚や知人に伝えていたが、実は、病気で亡くなったのではなく、自ら命を絶った」

と語るのです。

「敗戦のどさくさの混乱の中、満州からの引揚者たちは洋三さんだけでなく皆どん底の状態にあった。妻も亡くし途方に暮れていたけれども、必死で文乃ちゃんの世話を焼いた。

しかし、ろくな食べ物もない上、支えとしていた母親が亡くなり文乃ちゃんも元気を無くし病気になってしまった。

当然、薬もない。この状況では、とても三歳の子を日本に連れて帰ることはできない。

『何としても連れ帰る』と、洋三さんは言い張ったが必死に説得し、なんとか納得させ中国人の家族に金の鎖の付いた懐中時計を渡し、養育を託し引き揚げてきた。」

　と声を詰まらせ詰まらせ、晴恵さんに話しました
満州で文乃の養育者に手渡した時計と同じ型の懐中時計を質屋で見つけ買ったものの、返済で苦労していたことや時に深酒すると、

「さよなら　あんころもち　またきなこ。」

と、唸っていたことも聞かされました。

そのわらべ歌は別れ際に、

「必ず連れ戻る。」

と約束し歌った歌であったことも分かりしました。

満州にいた時、会社に出かける時、あいさつ代わりに歌っていた歌でした。

満州で先妻を亡くしたと言うことは洋三さんとの結婚話が湧き上がった頃から知っていましたが、それ以上の事は聞いていませんでした。その上、中国に子どもを残して帰国したとは思いもしませんでした。

それを胸に秘め妻にも子どもにも隠しとおして死んでいったのです。

「後妻とは言え、人並み以上に仲の良い夫婦であったはず」

と、晴恵さんは思っていました。何か心に大きな穴が空いた様に思えました。

中国残留孤児の訪日調査報道があると、様子が少しおかしかったものの、それは思い出したくない満州引揚者なら誰でも抱いている痛みではと思い、晴恵さんは気に掛けないようにしていました。

満州引揚者に限らず日本人なら、総ての人が戦争の痛みや悲しみを抱えて生きてきました。晴恵さんも兄をシベリヤ抑留で亡くしていました。

しかし、それ以上の悲しみが洋三さんにはあったのです。中国と国交が回復し残留孤児報道や資料の中に文乃の影を追い求め、夫がもがき苦しんでいたとは気付きませんでした。

四十九日の法要も終えたのですが、晴恵さんの気持ちは沈んだままでした。その晴恵さんの元を、あのお母さんが子どもを連れて訪ねてきました。目のキラキラしたかわいい子どもとは対照的に母親は思い詰めた険しい表情です。

女の子の手は母親に強く握られたままです。お詫びの品に添え、布に包まれた物を渡されました。

「先日は本当に申し訳ないことをしました。どうお詫びしたらよいやら言葉もありません。」

と何回も頭を下げるのです。

「そのうえ失礼ですが、この子に見えない所で、この品物を確認していただけますでしょうか。」

と、一層表情をこわばらせ言うのです。

奥に入って見てみると、懐中時計が出てきました。洋三さんの時計です。

「先日、亡くなった夫のものです。」

と、答えると、

「やはり。本当に申し訳ありません。」

と、おろおろし、深々と何回も頭を下げ詫びるのです。

一緒に連れられてきた、その女の子は五歳で、名前は「大滝彩《おおたきあや》です。」と言うのです。

「自閉症という障害」を持っているとのことですが、どこがどう違うのか晴恵さんには、さっぱり分かりません。

母親によれば、見た目は普通の子と変わらないが、偏食や強いこだわりがあり、一度気に入ると固執して、同じことを繰り返したり、気持ちの切り替えができず毎日困っているようです。

会話はできないのに、何かのはずみでコマーシャルなどの言葉が耳に残ると、それを何時までも繰り返すそうです。不器用なわりには、やたら高い所が好きで涼しい顔で高い所や塀を歩き目が離せないと言うのです。ちょっと目を離すと部屋を抜けだしてしまうそうです。

「弟の出産のため、しばらく実家で養生し、半年ぶりにアパートに戻った矢先のことでした。下の子のオムツを替えている隙に脱走し、大変迷惑をかけてしまいました。田舎では脱走をしなくなっていたので、つい油断してしまいました。」

と、また謝るのです。

その上、今朝、気付くと懐中時計を揺らし遊んでいるのを見てびっくりし、

「もしやと思い、慌てて訪ねてきた。」

と、言うのです。

聞けば、

「キラキラ光る物が好きで、霊柩車の光る装飾に魅せられ乗り込もうとしたのではないか。この輝く金時計も絶好のおもちゃになるため、勝手に持ち出してしまったのではないか。」

と話すのです。

晴恵さんは親子をとがめる気には、なれませんでした。

「金時計はいつでも貸してあげるね。」

と、包みから出し、彩ちゃんに手渡すと、

「さよなら　あんころもち　またきなこ。」

と魅入られたように、鎖を振りながら歌いだしました。

洋三さんの普段の物言いと同じ雰囲気が、そこにはありました。

晴恵さんは、その歌を聞いて、夫のとった不可解な行動に納得がいきました。認知症扱いしたことを後悔しました。もっと話を真剣に聞いてあげれば良かったと思いました。


アパートを抜け出し、塀づたいにやってきた彩ちゃんは、洋三さんが磨いたり眺めたりしている金時計に強い興味を示したのです。

光る時計につられ歌も覚えたのです。

訪ねてくる回数が増えるに連れ、洋三さんも自分の娘と重ねていったのです。

ジュースやお菓子をあげても食べない、その上、口を開かないのは自分を許していな

いからだと思い込み、苦しみを深めていたのです。たまたま差し出した海苔の付いた煎餅を渡すと食べたのを見て、

「娘が許してくれた。」

と、勝手に思い込んだのです。

それらの行動が、自閉症と呼ばれる子どもたちの特徴だとは知るよしもありません。洋三さんにとって、彩ちゃんは、杉浦《すぎうら》文乃だったのです。

広大な満州の赤い大地で、たわいもない仕草を一緒にして戯れ楽しんだり、ままごとをしたり、金時計を振り歌い遊んでいたのです。

何十年も切に願い、果たせなかった約束を果たし、充実した時間がそこにはあったに違いありません。

しかし、出産のため彩ちゃんが田舎に帰り、会えなくなると、洋三さんは喜びと希望を失い病状が進んでいったのです。

晴恵さんは、たとえ自閉症の女の子であろうと、彩ちゃんは洋三さんとの別れを惜しみ、霊柩車に乗り込もうとしたに違いないと思いました。そして洋三さんも、それを強く望んだと思いました。

カタカナのラブレター

啓介《けいすけ》くんは数字が好きで時計やカレンダーを見つけると、必ず立ち止まって眺めます。

「二月七日は、何曜日。」

と訊ねると曜日を正確に答えます。二年前の曜日も言い当てることができます。

しかし、教室の時計が、校内のチャイムとずれたりすると落ち着かなくなり、ウロウロ動き回り、

「啓介くん、座りましょう。」

と由美《ゆみ》先生が注意しても椅子に座りません。

月が替わり各クラスのカレンダーが同じように替わっているか気になり、必ず月初めの1日には、学校中を回り正しくなっていればよいのですが、替えてないとイライラし動き回ります。

様子を察した由美先生は啓介君とクラスを回りカレンダーを直してもらいます。そ

れが済めばいつもの啓介君に戻ります。


三桁の掛け算など計算式は、スラスラ解きますが、

「りんご3個とみかん5個、合わせると幾つ？」

といった言葉での問いかけには答えられません。

テレビコマーシャルをすぐ覚え、ニタニタしながら、繰り返しますが、

「朝ごはん、何食べたの。」

と尋ねても、

「朝ごはん何食べたの。」

と、オウム返しをするばかりで、なかなか質問には応じられません。

換気扇が大好きで、見つけるといつまでも眺めています。

苦手なものもたくさんあります。給食で食べられる物は、白いご飯とハムだけです。

数字やアルファベットは三歳から読んでいたのに、ひらがなは四年生の今でもたどたどしく、本読みはとても時間がかかります。

小さい時から風船が嫌いで、運動会で風船割り競技があった時は、怖くて運動場に近付くことができませんでした。

年末の商店街の大売出しで風船が配られたりすると怖くて、その通りを抜けられません。わざわざ遠回りして家に帰るのです。

春休みのある日、その啓介君に一通の手紙が届きました。お母さんは首をかしげました。

年賀状以外これまで手紙などもらったことがなかったからです。さくら色の封筒に「山川啓介様《やまかわ》」と書かれています。差出人の伊藤公子《いとうきみこ》にも心当たりがありません。当の本人に見せても興味を示しません。お母さんは手紙が気にかかり翌日、開封して見ました。

驚いたことに、手紙は全てカタカナで綴られているのです。

ケイスケクンへ。
オトモダチニ　ナッテクレテアリガトウ。
ガッコウデハ　ケイスケクンガ　タッタヒトリノ　トモダチデシタ。
ケイスケクンハ　ウソヲツキマセン。ヒトヲ　ダマシマセン　キズツケマセン。
アンシンシテ　チカヅケル　ユイイツノ　ヒトデシタ。アリガトウ。ホントウニアリガトウ。
ノナカショウガッコウヲ　ソツギョウシ　四ガツカラ　カワカミチュウガッコウニ
イキマスガ　ズット　トモダチデイテクダサイ。
ケイスケクン　ダイスキデス。
イトウ　ハム

と、書かれていました。

最後の名前は封筒の裏の名前とも違います。
お母さんは狐につままれたような気分です。迷った末、ひまわり学級（特別支援学級）の担任の由美先生に電話しました
先生の話によると、名前は伊藤公子が正しいが、啓介くんはいつも「イトウハム」と呼んでいたとのことでした。

伊藤さんは四年生の時、クラスでいじめにあい、担任の先生やクラスの子どもたちに不信感を強くいだき、学校へ行けなくなってしまいました。公子さんだけでなく、公子さんのお母さんも悩み苦しみ仕事も辞め、登校できるよう、色々努力されたので

すが、なかなか学校に行くことができないでいました。

五年生になりクラスも替わり新しい担任の山下先生の熱心な働きかけもあり、何とか保健室にまでは来られるようになりましたが、クラスには入れずじまいでした。

保健の鈴木《すずき》先生は、ひまわり学級にも時々顔を出していました。ある時、先生について公子さんも、ひまわり学級について来た時、ランドセルに書かれた伊藤公子の「公」の字を啓介くんは、大好きな「ハム」と読み違え、「イトウハム　イトウハム」と呼び、伊藤さんにつきまとうようになりました。

伊藤さんも、そんな啓介くんの行動が、まんざら嫌でもなかった様で、そのうち啓介くんの世話を焼くようになりました。

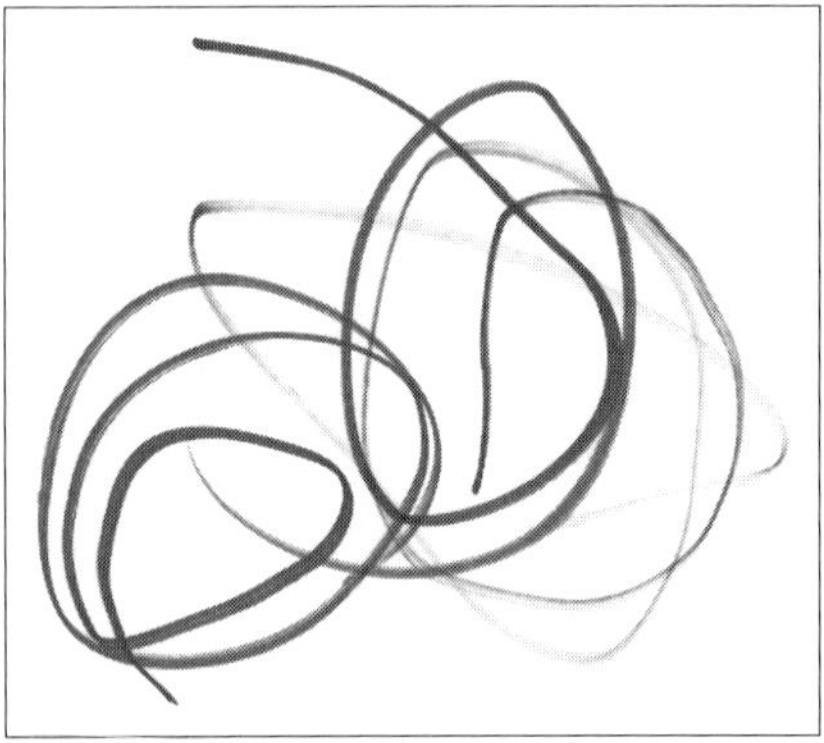

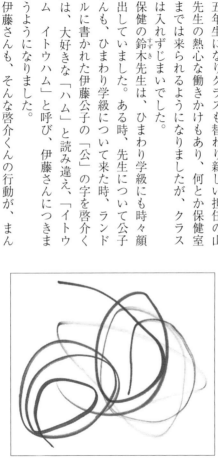

かたくなだった公子さんも、啓介くんには心を開き「啓介くんだけは、私を裏切らない。」と、言い出し、毎日、ひまわり学級に顔を出すようになりました。

そうこうするうち、啓介くんが一緒にいれば、五年生の自分のクラスにも少しずつ入れるようになったのです。

六年生の二学期になると、啓介くんが一緒にいなくてもクラスで勉強できるようになりましたが、毎日ひまわり学級に顔を出していました。

公子さんが毎日ひまわり学級に行くのを見てクラスの子たちも訪ねてくるようになり、今年はとてもにぎやかな学級経営ができたと、由美先生は話してくれました。

啓介への感謝とお礼の手紙であると知ったお母さんは、すっかり嬉しくなりました。医者に「自閉症です。」と、診断されて以来、「周りに迷惑をかけ、一生を終わる人生なんだ。」と、決め付けていたのです。不憫で死のうと思ったこともありました。

その我が子が人を励ますことができたのです。

原っぱ

ちいちゃんが原っぱで遊んでいると、春風がお昼寝に誘いました。

「だって私、ベッドがないと眠れないんですもの」

原っぱに咲くカラスえんどうに頼みました。

「ちいちゃんがお昼寝するの。手伝っていただけませんか」

カラスえんどうはクスッと笑うと寄り合わさって小さなベッドを編み上げました。

ちいちゃんは原っぱのカラスえんどうのベッドの上で遊びました。

春風がお昼寝に誘いました。

「だって私、おふとん掛けないと眠れないんですもの」

春風はすこし考え、空高く昇り綿雲に頼みました。

「ちいちゃんがお昼寝するの。手伝っていただけませんか」

綿雲はニコッと笑うとモコモコと降りてきて、ちいちゃんを包み込みました。

ちいちゃんは原っぱのカラスえんどうのベッドの上、綿雲のふとんに包まれて遊びました。

気持ち良い春風がお昼寝に誘いました。

「だって私、枕がないと眠れないんですもの」

春風は少し顔をしかめましたが、うなずき、牧場に飛んでいき羊にお願いしました。

「ちいちゃんがお昼寝するの。手伝っていただけませんか」

羊はメーエーと鳴くと駆けつけ、ちいちゃんの頭を乗せました。

とてもいい気持ちです。

ちいちゃんは原っぱのカラスえんどうのベッドの上、綿雲のふとんに包まれて、羊の枕に頭を乗せ遊びました。

気持ち良い春風がお昼寝に誘いました。

「だって私、ママの匂いと子守唄を聞かないと眠れないんですもの」

ちいちゃんも春風もウフッと笑いました。

春風は菜花、スミレ、レンゲの間を駆け抜け回り香りを身に着け、芽吹いたばかり若木を揺すり子守唄を歌いました。

ちいちゃんは原っぱのカラスえんどうのベッドの上、綿雲のふとんに包まれて、羊の枕に頭を乗せ、春風が運ぶママの匂いと子守唄に誘われお昼寝しました。

ダイコン　ニンジン　ゴボウ

夏の終わり、お百姓さんがダイコンの種を播きました。一週間たつと一斉に顔をそろえました。どれもこれもキラキラ輝いています。

「大きなダイコンになりたいな。」

「おいしいダイコンになりたいね。」

「子どもたちにも食べてもらいたい。」

とはりきっています。

トラクターで耕され畑は、おふとんのようにふわふわです。お日様のひかりを浴び根をのばし大きくなっていきます。

「足先がいたい。」

広い畑の中で一本のダイコンがうなりました。根の下にある石がじゃまをしているのです。

「このままでは根をのばせないよ。」

ダイコンは負けまいと、足に力を込めぐいぐい押しました。

秋になりダイコンの収穫が始まりました。大きく育ったダイコンにお百姓さんは大満足です。次々引き抜き、お店に売りに行きました。

いよいよあのダイコンの番になりました。

お百姓さんはダイコンを見て残念そうな顔をしました。そのダイコンをとばして抜いていきました。

「どうして僕をひっぱり抜いてくれないんだろう。」

土から出た顔も葉っぱもほかのダイコンと変わらないのですが、地面の下は二本に分かれています。ぽつんと一本残されました。にぎやかだった畑はシーンとしています。

静かになって気づきました。隣のニンジン畑でしくしく泣く声が聞こえます。

「どうして泣いてるの。」と声をかけました。

「ひとりぼっちになってしまったの。」

「ほかのニンジンは、お店に行ってしまったの。」

と涙をぽろぽろ流します。

心配になり動こうとするのですが足は土の中です。

「うーん、うーん。」

と足に力を入れるのですが抜けません。三回目でやっと抜けました。もう一方の足はすっと抜けました。いそいで駆け寄りニンジンを引っ張りました。

「ヨイショ、ヨイショ。」

と声を掛け引っ張ると、二本足が現れました。

「二本足は売り物にならないから見向きもされないの。」

「僕も同じだ。」

とダイコンは足を見せました。

仲間ができニンジンは泣くのを止めました。ダイコンも力が湧いてきました。

「こら、俺様だけ置いていくな。おーい。」

と大声で叫ぶ声が隣の畑から聞こえてきました。そこは収穫が終わったばかりのゴボウ畑です。

ダイコンとニンジンはゴボウを引っ張ります。ゴボウの根は深く、なかなか抜けません。

「よいしょ、よいしょ。」

力をこめても抜けません。五回目です。

「どっこいしょ。」

と目一杯引っ張りました。力余って三本はすってんごろりん。地面にひっくり返りました。ゴボウの足も二本足です。仲間が三人になりました。仲間が増えると元気が出てきます。

「足があるとうれしいな。どこでもいけるし踊りもできる。うれしいな、さんぽに、お出かけ、うれしいな。」

ダイコン、ニンジン、ゴボウは手をつないでダンスを始めました。

野菜の願いはおいしく食べてもらうことです。朝早くに野菜たちはスーパーマーケットに向かいました。

「僕たちはおいしい野菜です。足は分かれていますが味に変わりはありません。」

「私たちも一緒に置いてください。」

お店の人にお願いしました。お店の人は困り顔です。何回もお願いすると、

「きょう一日だけだよ。」

と特別に並べてくれました。

開店と同時に他の野菜は売れていきます。

二本足の野菜はお昼になっても売れません。

「おいしい野菜ですよ。」

と食べてもらえるようにいっしょうけんめい声をだしました。でも三時になっても売れません。

「僕たちは、売れ残り捨てられてしまうかもしれない。」

「がんばって大きくなったのに。」

二本足の野菜たちは悲しくなりました。

お店の人たちは相談しました。

「なかみは同じ、工夫がだいじ。」とニンジンとゴボウはキンピラゴボウやかき揚げに調理してくれました。大根はおでんになってお店に並びました。

するとお客さんが集まり、あっという間に売り切れてしまいました。

第二部　どんぐり山保育園騒動記

はね

春の　はねはね
雪とけ　ツララ　輝き
　水しぶき　はねる
大空では
かぞえきれない　はねが
冬の風を　切りさいていく

春の　はねはね
沢に　とびこむ時も
ひとおどりして　光放つ

春の　はねはね

舞いおりるようで　舞いあがり
押されるようで　押し返す
春はね

レンゲ畑の灯台

保育園の帰り道、

「あっ、白レンゲ。自転車止めて」

と太一《たいち》はおばあちゃんの背中に向かって叫びました。田んぼに咲くレンゲの中の白レンゲが目に入ったのです。

「どこ、どこさ」

と聞かれるのですが、

「あそこ、あそこ」としか言えません。

「おばあちゃん待ってて、摘んでくる」

自転車から降り田んぼに入りました。

いざ探すと見つかりません。

「たいちゃん、明日にしようよ」

と待ちくたびれたおばあちゃんが声をかけるのですが。

「おばあちゃん、待ってて。必ず見つけるから」

と粘ります。

「たいちゃん、明日にしようよ」

とまた声をかけます。思うようにいかず、少しむきになり太一は、

「おばあちゃん先に帰って、必ず見つけるから」

と言い張ります。

「仕方ないね。太ちゃん、暗くなる前に帰ってくるんだよ」

と念押しして帰って行きました。

あちこち動き回りました。

「あった、あった、やっと見つけた」

とほっとした太一は、白レンゲの横に寝っころがり、白レンゲに顔を近づけました。

周りは一面の赤い花、その中に一輪の白い花。

「白レンゲは自分と同じ、一人ぼっちの花だ」

とつぶやきました。つみ取ることを止め、ながめたり話しかけているうちに、太一は春の温かさに包まれていきました。

太一にはお父さんがいません。その上、足が不自由です。そんな子どもはどんぐり

山保育園の中では太一だけです。

入園式の日から足を引きずり体を大きく揺らし歩く姿をジロジロ見られたり、クスクスと笑われたりしました。

年長からの入園で一人で遊ぶこともまだ多いのです。

「何百何千の赤レンゲ、たった一つの白レンゲ、白レンゲは僕の花」

と、独りごとを言いながら周りの赤レンゲの花びらを取り除き、レンゲを口に持っていきました。ほのかな甘味が口に広がりました。

「こら、俺の赤レンゲの蜜を取るな」

と、どこからか声がしました。

太一は、さして気にすることもなく次のレンゲに手を伸ばし蜜を舐めました。

「こら、俺の赤レンゲの蜜を取るなと、言っているだろ」

とまた声がします。

前よりはっきり聞こえました。

「おかしいな、誰もいないはずなのに」

と辺りを見回しました。でも誰もいません。ただ太一の周りのレンゲが、ググッと大きく伸びたように感じました。

三度目に舐めると綿菓子を舐めた時のような強いあまみが口の中に広がりました。

「こら、俺の赤レンゲの蜜を取るなと、さっきから、言っているだろうが」

と、すぐ後ろから、どなり声が聞こえてきました。

慌てて起き上がると太一より大きなミツバチが睨んでいます。その大きさにびっくりしましたが恐いとか逃げ出したいとは思いませんでした。

太一は気が付かなかったのですが、蜜をなめるたび、体が小さくなっていったのです。

引っ込み思案な太一ですが、売り言葉に買い言葉で、

「レンゲは誰の物でもないぞ」

と、言い返すと、

「おまえ、さっきまで白いレンゲは僕の花と、言ってたじゃないか」

と、ぶっきらぼうに言葉を返してきました。太一は、そう言われるともう言い返す言葉が見つからず、もじもじしていると、

「おまえ、三本松の家の太一って言うんだろ。東京からもどってきたんだよな」

と、さらに言葉を続けました。

同じ苗字が多い村では、三本の大きな松が庭に植えてあることから「三本松の山田《やまだ》さん」で、太一の家は通っていました。

「どうして知っているのさ」

と、おどおどしながら尋ねると、

「当たり前だ、俺は何でも知ってるぞ。おまえ、クラスでからかわれているよな。足が悪いから。カケッコもいつもビリだよな」

とまで言われると腹がたちました。

「うるさい、おまえに関係ないわ」

と、そっぽを向くと、更に太一がびっくりする言葉を発したのです。

「おまえ、父ちゃん死んだと思っているだろ。だけど、ほんとうは、生きているぞ」

と言うのです。

「そんなのうそだ」

と驚いて大声を上げました。

冷たい物が顔に当たり、太一は目を覚ましました。

「なんだ、夢だったのか」

と、あたりを見渡すと雷の音とともに雨が降り出してきました。梅雨のはしりの雨です。足を引きずり家に向かって走りました。

夕食の後、それとなくお母さんに聞きました。

「お父さん、何していたの」

「お父さんは、川に大きな橋をかける仕事していたって、前も話したでしょ」

「何で、今ごろ聞くの」

と逆に質問されて困ってしまいました。

「お父さん本当に事故で死んだのか」

と聞きたかったのですが聞けませんでした。

太一は赤ちゃんの時、股関節脱臼という病気にかかり手術を受けたのですがうまくいかず、足に障害が残りました。左右の足の長さが今でも少し違います。バランスよく歩くことができません。太一の足のことで、よくお父さんとお母さんはケンカしました。お父さんは仕事が忙しく、いつもイライラしていました。

「どうして脱臼に早くに気づかなかったんだ」

と、お母さんを責めました。

以前通っていた園の運動会に初めて参加した時、補そう具を着けピョコタンピョコタンと走り、大きく差をつけられゴールする姿にお父さんはショックを受けました。頑張る太一に拍手や声援を皆送りましたが、それも許せませんでした。

お父さんはスポーツマンで中学生や高校生の頃、市や県の代表に選ばれた経験がありました。子どもにはスポーツ好きになって欲しいと思っていました。

太一が三歳の年にお父さんとお母さんは別れて生活を始め、五歳の時お母さんの故郷に帰り、おじいちゃんおばあちゃんと一緒に暮らすようになりました。

「お父さんは事故で亡くなった」

と言い聞かされていました。

次の日、保育園から帰ると急いで田んぼに向かいました。

白レンゲを懸命に探しましたが、見つかりません。

「おかしいな、昨日は、ここにあったのに」

あきらめきれない太一は隣の田んぼを探し、やっと見つけることができました。白レンゲの脇に寝転がると、昨日夢の中でやったことと同じことを始めました。赤いレンゲを取り蜜のある所を舐めました。しかし声は聞こえてきません。耳をすまして辺りのようすをうかがいましたが変わりません。

「やはり夢だったのかな」

と思いましたが諦めきれず次のレンゲに手を伸ばしました。口に運ぶと甘味が少し口に広がります。

「ミツバチたちはいいな」

と思いました。もっと舐めたくなり花を取りました。

昨日舐めた時と同じ綿菓子のような甘味が、口からお腹まで広がってきました。レンゲの蜜を舐めるたびに太一の体はどんどん小さくなっていきます。

「レンゲの蜜はすごいだろう」

と、昨日と同じ声が響きました。ミツバチが本当に現れたのです。

「赤いのは俺のだぞ。太一のは白だろ」

とがめる口調ではなかったのですが、

「でも白は少ししかないから」

と、弁解がましいことを言ってしまいました。ミツバチは太一の気持ちに構わず、

「そうだぞ、白いレンゲはミツバチの灯台だ、千に一つだからな。良い目印になる」

「太一の白レンゲは、ミツバチだけでなくチョウチョやバッタにトンボ、空飛ぶ虫たちの灯台だ」

「迷子にならずに食べ物を巣まで運ぶことができるからな」

「太一もそうだ。皆の灯台だ」

と言って顔を見つめるのです。

「そんなことない」

と言い切りました。

「おまえは、負けるとわかっていても、最後までがんばるよな。からかわれても誰にも意地悪しないだろ」

「そんな」

と小さい声になりました。

「雨の日も嵐の日も光を放っているから灯台と一緒だぞ」

と、言われ嬉しくなってきました。

ミツバチに言われるまで、どんなにがんばっても、うまく走れないし、お父さんもいない、言葉も田舎の言葉がうまく使えず、皆に合わせられません。

「父ちゃんに会いたいか」

と、突然聞かれ、

「天国まで飛んで行って、僕のお父さんを見かけたの」

と、聞き返しました。

返答に迷いましたが、ミツバチは、

「太一、お前、勇気があるか、勇気があるなら会わせてやっても良いぞ」

と、真剣な表情で言うのです。

「ウン、会いたい」

と、すぐ答えると、

「よし足につかまれ」

と、言い放ち、飛び上がりました。

天国めざして、まっすぐ上に向かうのかと思ったのですが、ミツバチは東の方に飛び出しました。空からの眺めは格別です。

ミツバチは蜜を求めて南から北へと日本中を旅するのです。

「レンゲの花が終われば、次はみかんの蜜を集める」

とも話してくれました。

二時間ほど飛び、一息入れるためレンゲ畑に降りたちました。喉のかわきをうるおすため、ミツバチと太一はレンゲの蜜をなめました。疲れも吹っ飛び力が湧いてきます。

五本目の花の蜜をなめようとした時、突然、大きな鎌が二人をめがけて振り下ろされました。何が何だか分からずびっくりして尻餅をついてしまいました。

それはカマキリの大きな前足でした。なんとか身をかわしにげだすと、カマキリが太一に迫ってきます。怖くて思うように動けません。レンゲの陰に隠れますが、直ぐ見つかり鎌が振り下ろされます。

あちこちと逃げまどいミツバチとははぐれてしまいました。なんとかタンポポのくきによじ登りミツバチを探しましたが見つかりません。よじ登った太一を目ざとく見つけたカマキリは、

「今度こそ捕まえてやる」

とギラリと目を光らせ鎌を振り下ろしました。太一はタンポポの綿毛を六本引き抜き両手に持ち空にジャンプしました。風に押され少し離れた場所に降り立ち、慌てて身を隠しました。カマキリはレンゲやタンポポを押し分け追ってきます。ザリガニの穴を見つけもぐり込み息をひそめ体を固くしていました。カマキリはあきらめがつかず、

「こぞう、どこだ」

と三角の強いあごをギリギリ動かし探っています。

はぐれたミツバチが気がかりです。

「捕まって食べられていなければいいけど」

またカマキリに見つかりはしないかと不安でしたが、勇気を出しミツバチを探しました。

しかし探しても、探しても、見つけることができません。

太一は思い出しました。

「白レンゲは虫の灯台」

とミツバチがいった言葉を。

「そうだ、白レンゲを探そう」

と、探し始めましたが、簡単には見つかりません。けんめいに探し続けました。

「あった。あった、見つけたぞ」

と大喜び。

「ここにいよう、ここにいれば、ミツバチがやってくるはず」

と、白レンゲにのぼり、待ちつづけました。

案の定、ミツバチは太一を発見し白レンゲに飛び降りてきました。

「危なかった。俺がゆだんした。何匹も、仲間が殺されているのに。すまない」

と、謝るのです。

ミツバチは羽を痛めていました。カマキリにやられたのでしょう、少し裂けています。

「太一、お父さんに会いたいか」

とあらためて聞きました。

「うん」

と答えると、

「よし　足につかまれ」

と言うと再び飛び上がりました。

羽をいためているので、フラフラしながら飛んでいます。羽音も前とは違いブーンとは鳴りません。

痛みをこらえ、約束を守るため必死で飛び続けました。少し強い風に出くわすと押し戻されてしまいます。

一時間ほど飛ぶと大きな川が見えてきました。ダンプカーにブルドーザー、大型クレーン車など、さまざまな工事車両が忙しく行き来し川に橋を架ける作業をしていました。

ミツバチと太一は、土手に咲いていたアザミの花に飛び込みました。

「あのプレハブで設計図を見ているのが、おまえの父ちゃんだ」

と、うなりました。様子をうかがっていると、その男の人が設計図を持って外に出てきました。

「しめた、チャンスだ、さあ会いに行くぞ」

と促すのです。

そっと男の人の足元に近づいたのですが、太一はなかなか声が掛けられません。ミツバチはじれったくて羽をブンブン鳴らします。太一の心臓はドクドク高鳴ります。喉もカラカラです。ミツバチに催促されればされるほど、頭はクラクラします。

でも太一は勇気をだしました。

「お父さん、太一だよ。会いに来たよ」

と、大声で叫びました。

それを聞いて、ミツバチは、

「やった。やった」

と叫び、飛び上がりました。

「晩ごはんよ。起きなさい」

と、肩を揺すられ、太一は目を覚ましました。そこにはお母さんの心配顔がありました。

「何時まで外で遊んでいるの。この頃、何だか変よ。さあ帰りましょう」

の言葉に黙って従いました。お母さんに隠し事をしているようで何だか落ち着きません。

次の日から雨の日が続き、田植えの準備が、あちらこちらの田んぼで始まりました。たくさんあったレンゲはトラクターに耕され、土の中に消えていきました。もう白いレンゲを見つけることができません。

あのミツバチに会うこともできませんが、ミツバチが言った言葉は、今も太一の胸に響いています。

なぞなぞ

水の中
こわいお顔のヤゴの子は
　いったい全体　誰の子だ
おすましした　トンボの子
いつかはでっかい　空を飛ぶ

つんつん
背伸びの　つくしの子
いったい全体　誰の子だ

畑を困らす　スギナの子
いまはかわいい　小坊主さん

あたまでっかち
おちょぼ口　おたまじゃくしは
いったい全体　誰の子だ
歌の得意な　カエルの子
尾っぽあったの　忘れるな

毛虫のゾラ

桜山公園のさくらは見事で、たくさんの人が花見に訪れます。三百本の桜の木が植えられているからです。保育園から歩いて二十分ほどです。どんぐり山保育園の子どもたちの大好きな公園のひとつです。

「どんぐりころころ　転がらない　困らない　止まらない」

と、唱えながら歩きます。


子どもたちのさくらの楽しみは、二回あります。一つ目は、満開の桜の下を、桜に魅せられ頭をクラクラにしながら散歩をすることです。もう一つは、春の嵐の後に訪れます。満開を過ぎ散り始めた時を子どもたちは待ちます。今年は四月八日がその日となりました。


前日の夜、桜山やどんぐり山、奥山一帯に春の嵐が吹き荒れたのです。

嵐の次の日、どんぐり山保育園では赤ちゃん組の泉組から年長組の空組まで全員で桜山に向かいます。給食の先生は、この日は大忙しとなります。真っ白のおにぎりとお赤飯のおにぎりを作ります。お茶も麦茶ではなく桜茶がでます。入園したてで泣いてばかりいた子どもたちも、この日を迎えるとお母さんを見送る時泣かなくなります。

桜山の南側の大池に桜の花びらが舞い落ち、水面をピンク色一色に染めるのです。どんぐり山保育園の子どもたちは一晩で池の色が変わるので「変身池」と呼んでいます。ワクワクしながらおにぎりと桜茶、デザートの桜餅を楽しみます。


桜の花が終わり、公園の木は新芽から若葉が出揃う五月になると、どこからともなくたくさんの虫が集まります。虫が増えると今度は、その虫を狙って鳥も集まります。鳥は虫を見つけるとすばやく捕らえ巣に運びます。いつ命を奪われるか分からないから、虫たちはびくびくしながら餌を探します。

そんな中、鳥が飛んできても平気で葉っぱを食べている虫がいます。毛虫たちです。とげとげの毛で覆われているので鳥も食べません。毛虫の数はどんどん増えます。そんな毛虫の中でとりわけ食いしん坊がゾラでした。葉を食べる競争ではいつも一番です。腹いっぱいになったゾラは、さえずる鳥の声を聞くたび、

「自分も声を出し誰かと話をしたいな」

と思います。鳥の真似をして口を大きく開いても声は出ません。犬や猫のように喉をならしても声にはなりません。

ゾラは流れる雲をながめていました。雲は色々に姿をかえます。大きな魚にも、鳥にも姿を変えます。まるで青い空に絵を画いているようです。

ゾラは真似して葉っぱをかじり同じように絵画いてみました。丸、三角、四角と次つぎと形を作りました。

面白がってやっていると、他の毛虫たちも真似を始めました。それぞれに自分の出来栄えを自慢したり、仲間の作品を真似る毛虫もでてきました。

そこでゾラはひらめきました。

「葉っぱに字をかき、みんなと話をしよう。」

と。ゾラがやりだすと、これもあっという間に毛虫たちの中で広まりました。

「おはよう」

「げんき」

など、いたるところで字を使っての会話が生まれました。葉をかじる音が響きます。書くことに満足すると、こぞって糸を吐き出し空中ブランコを楽しみました。やさしい風が体をおしてくれます。うとうとして糸を伸ばしすぎ地面に落ち、しりもちをつく毛虫もいます。

毛虫たちは、葉っぱを食べどんどん大きくなりました。その分、桜山公園の桜の葉は穴だらけになっていきました。

それを見かねた公園の管理人は、ある朝、

「これでは、いかん。利用される方に迷惑をかける」

と桜の木の消毒に取り掛かりました。殺虫剤が撒かれると、

「気持ちが悪い」

「くるしい」

と訴える虫や気を失った仲間が次々と枝から落ちていきました。嫌な臭いが公園に立ち込めました。ゾラは皆に知らせようと葉をかじり、字を書きました。

「にげろ。にげろ。こうえんから。きけん。きけん」

と苦しいのをがまんして次々葉をかじり字を書きました。それを見て鳥が慌てて飛び去りました。鳥の羽音に驚いたトンボや蝶やセミが逃げ出しました。ゾラも苦しくなって枝から落ちてしまいました。

毛虫だけでなく、ハトムシやかまきりやカタツムリなどたくさんの生き物が死にました。

ゾラは命は取り留めましたが、殺虫剤の影響で毛虫からさなぎ、さなぎから蛾への変態と脱皮が思うようにできませんでした。羽がちぢれ広がらないので飛ぶことができません。仲間が安全なところに飛び去っても、ゾラは飛べないのでさくら山公園から離れることができません。

今日もどんぐり山保育園の子どもたちが遊びに来ています。ゾラは静かに遊びを見守ります。

あめ

あめ　あめ
あまみず　あまいみず
ふる　ふる
ふりこむ　ふくぬれる
しず　しず
しずくは　しおのうみ

ふとん亀の冒険

保育園のお昼寝の時間、ふとんの中で啓太《けいた》は、空組のみんなで遊んだ魔法ごっこのことを思い出していました。

魔法ごっこは、魔法の杖を持った子が、

「ちちんぷいぷい、犬になれ」

と、呪文をとなえると呪文の言葉にあわせて、犬になりきります。続けて魔法使いになった子が二つめの呪文をとなえます。

「ちちんぷいぷい、犬よ、犬よ、グルグル回れ」

と子どもたちは呪文どおりに体を動かしグルグル回ります。一番じょうずに魔法にかかった子が次の魔法使いになります。

啓太、魔法の杖を持ちたいのですが、うまく魔法を自分にかけられず順番が回ってきません。カレンちゃんが魔法使いになると、

「ちちんぷいぷい、ウサギになれ」

と呪文をとなえました。

啓太は「ウサギ　ウサギ」と自分に言い聞かせ、元気にぴょんぴょん跳ねました。

うさぎの餌当番をやっているので、うさぎのことはよく知っています。

智子《ともこ》先生は啓太ウサギを見て魔法の杖を渡してくれました。

杖を持ち、はりきって呪文をとなえたのですがあわててしまい、

「ちちんぷいぷい、う、う、う、うんち」

と、叫んでしまいました。

とたんに沙也加《さやか》ちゃんと真由美《まゆみ》ちゃんから、

「啓太くん、下品」

と、注意され、杖を取りあげられてしまいました。


大きなあくびがでて眠くなってきた時、隣で横になっていた史郎《しろう》が啓太の方にごろりと転がってきて、「うんち」とささやきました。

新平《しんぺい》が、それを聞きつけ「クスッ」と笑いました。

啓太は眠れなくなってしまいました。三人で突き合っていると智子先生の、

「静かにしなさい」の声が飛んできました。

ふとんに潜り込み少しの時間がまんしていたのですが、ふとんから足をだし史郎や新平をくすぐると、

「うんち、うんち」

と言い返してきました。

いつまでもふざけていているので智子先生は怖い顔をして呪文をとなえ始めました。

「ちちんぷいぷいー、魔法のふしぎな力よー」

と低い声を出しました。

「レムネー、レムネー、モドコー、モドコー、ネルヒー、ネルヒー、モドコー、ネルヒー」

「ふとんよ、ふとん、重くなれ、亀の甲羅となれ」

と呪文を続けました。

啓太は魔法がかからないように慌てて、手と足と頭をふとんの中に隠しました。

しばらくは、ふとんの中で、じっとしていたのですが、

「もうがまんできない」

と、そっと足をだし、次に手を出し最後に頭を出し様子をうかがいました。

智子先生は近くにはいません。ふとんをかぶったまま啓太はハイハイしながら、そら組から抜けだしました。

そーっとベランダにでましたが誰も気づきません。

「しめしめ、お昼寝しないですむぞ」

手足をいっしょうけんめい動かすのですが、ふとんが重くて先になかなか進めません。

「なぜだろう」

と、むりやり首を伸ばし背中を見ると、ふとんが、甲羅に変わっていました。

智子先生の魔法でフトンガメに変えられてしまったのです。

甲羅が重くて手足を動かすと汗がたくさんでました。暑くて仕方ないので園庭の端にあるプールに向かいました。

みんなに気づかれないよう柵をすり抜け、そーっとプールに入りました。

七月になったばかりで、水はまだ冷たいのですが汗をかいた体が冷え気持ちよくなりました。

水の中に入ると体が軽くなりました。スイスイ泳げます。うれしくなってプールの中を泳ぎ回りました。

太陽の光が水の中で反射し輝いています。

たくさんの魚が泳いでいます。沈没船もあります。泳ぎ疲れると水面に顔出し一休みしました。

フトンガメは探検を始めました。たくさんのサンゴもあります。よく眺めると、それはブロックでできていました。

ふしぎです。

ぷかぷか漂っているふぐに声をかけました。ふぐだと思った魚は空気の抜けかけたボールでした。

すれちがったエイやひらめを追いかけました。エイやひらめだと思った魚はハンカチや雑巾の魚です。見覚えのあるものばかりです。

帽子のくらげもいます。恐いウミヘビは、プールタオルでした。

どれもこれも、去年九月にプールが終わった後、史郎や新平とふざけて投げ込んだ物です。

おかあさんには、

「ハンカチやプールタオルは失くした」

と、嘘をつきました。心配した先生があちこち探しても見つからなかったはずです。

水底を進むと大きな岩穴が見えてきました。砂場遊びで使ったバケツです。砂を出して片づけるのがめんどうくさくなりプールに投げ入れたバケツです。

バケツの岩穴に近付くと、いきなり大きなパワーシャベルのような大きな赤いツメが、水を引きさき啓太めがけて振り下ろされました。

大きな渦が巻き起こり啓太はひっくりかえってしまいました。

「いたずら小僧、啓太、グワーオ」

と大きな声が響き渡りました。

自分の名前を呼ばれびっくりしました。必死に体を起こし、岩穴をこわごわ覗くと、右と左のツメの大きさが違う大きなアメリカザリガニが睨んでいました。

「よくも、おれさまのツメをとってくれたな。グワーオ」

と太い声で唸るのです。唸るたびに泡が舞い上がります。

啓太は思い出しました。去年、年少組のクラスで飼っていたザリガニです。園庭に持ち出し突いていると指を挟まれ、離そうと腕を振り回した時、勢いで挟んだ爪を残したままザリガニは何処かに飛んで行ってしまいました。探したのですが見つかりませんでした。すっかり忘れていましたが、そのザリガニがプールに棲み付きブルドーザーのように大きくなっていたのです。

啓太は恐くなりさんごの林の中に潜り込みましたが、すぐ見つかってしまいました。慌てて逃げ出すとザリガニは、

「待てー、啓太、グワーオ」

と大きな爪を振りかざし追いかけてきます。

岩陰の間に隠れたのですが見つかってしまいました。

追い詰められ甲羅をツメで挟まれ身動きできなくなってしまいました。

「助けて、誰か助けて」

と、叫ぶと二匹のフトンガメが現れ、アメリカザリガニに体当たりしました。

史郎と新平です。慌てたアメリカザリガニが爪の力をゆるめた隙に啓太は逃げ出しました。

アメリカザリガニはさらに顔を真っ赤にして、

「いたずら小僧ども、まてー、グワーオ」

と泡を吹き追いかけてきます。三匹は必死になって泳ぎました。

やっとのおもいでプールから這い上がり、重たい体を引きずり教室にたどり着くと疲れ果て、そのまま眠ってしまいました。


どんぐり山保育園は、お昼寝の後はおやつの時間です。きょうのおやつは、今年初めて出されたスイカです。

当番の恵美ちゃんの、

「いただきます」

の掛け声で食べ始めままました。啓太も史郎も新平もお腹がすいていたので皮のところまで食べました。

ベランダには、三枚のおねしょふとんが、干されていました。

かぞえうた

ひとつ　ひまわり観覧車
ふたつ　ふりこのブランコあそび
みっつ　水かけ　水遊び
よっつ　ようふく　泥だらけ
いつつ　いつも　しかられる
むっつ　むくれて　泣き出した
ななつ　なみだの　すべりだい
やっつ　やけくそ　八つ当たり
ここのつ　こっそり　かくれんぼ
とうで　とうとう見つかった

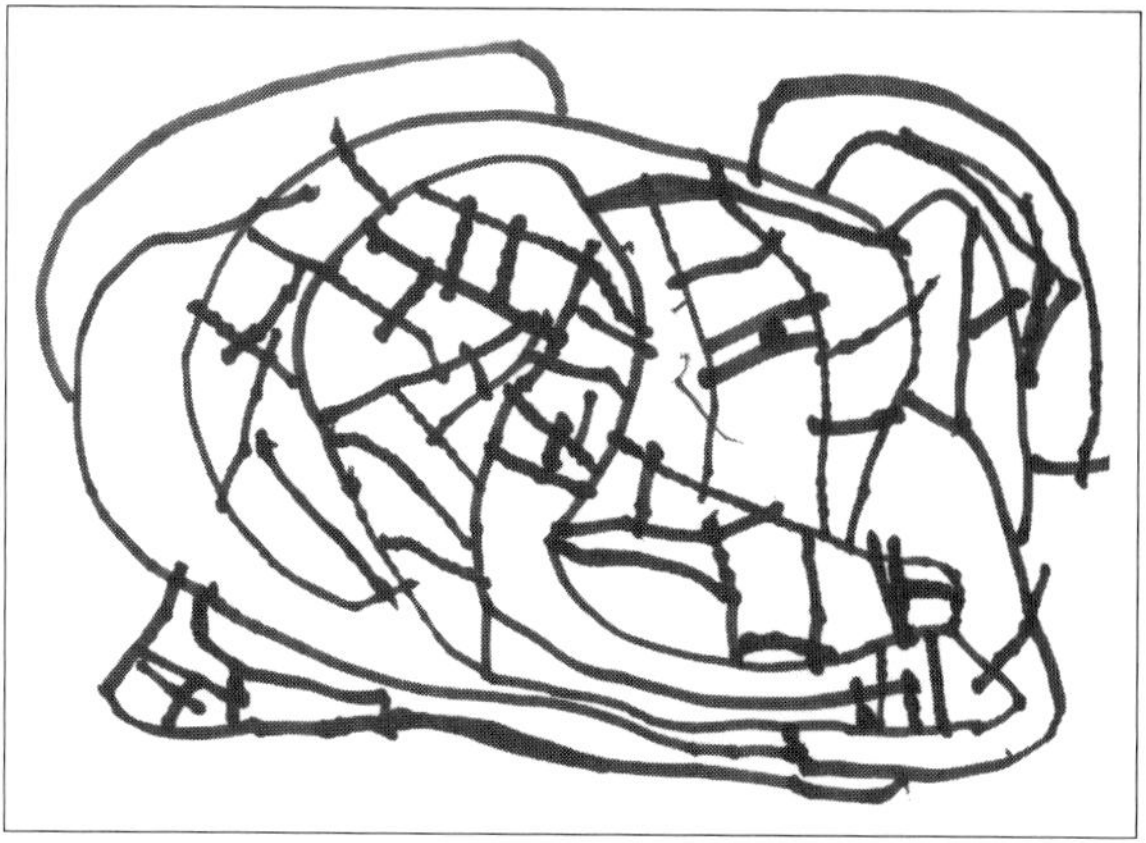

泥んこボーイズ

二日間続いた雨がやっと上がりました。園庭のあちこちに水たまりができています。これでは三輪車を出して遊べません。

涼介《りょうすけ》と隼人《はやと》と拓真《たくま》は水たまりを無くし、思いっきり三輪車を走らせて遊べるよう、水をかき出すことにしました。

一つの水たまりが無くなると、かき出した水が別のところで集まり新しい水たまりができてしまいます。三人をからかっているようにも見えます。拓真が良いこと思いつきました。

「水たまりと水たまりをつなげよう。側溝までつなげて流そう。」

と言うと、

「いいね。賛成、川を作ろう。」

と涼介と隼人が答えました。棒切れを探し出し、水たまりと水たまりをつなげていきました。十二個の池が水路でつながりました。三人は大満足です。しかし細い棒の線の水路では側溝に落ちる水の量は少しだけです。

「拓ちゃん、ちっとも減らないよ。遊び時間がなくなるよ。」

と涼介は不満顔です。

「じゃ、水路を広く深くしよう。」

「どうやってやろうかな。」

隼人には名案が浮かびません。

拓真は新しいことを思いつきました。

「この長靴を使い広げよう。」

「よし」

と三人は足に力を入れ踏みつけると、

「ドビャン」

と、跳ねた水は拓真のズボンにかかりました。

「ごめん」

と謝ろうとした時には拓真の長靴が水たまりを踏み隼人にかかりました。二人はにやり笑うと、水たまりでビシャピシャドシャドシャ泥水を跳ね上げ合いました。泥は足だけではなく顔や頭にまでかかりました。おもしろがっている二人を見て涼介も加わりました。掛け合うだけではなく顔に付いた泥を塗りあい遊びました。誰が拓真で涼介か分からなくなってしまいました。


帰りの会になっても戻ってこない三人を先生が呼びに来ましたが、あまりの泥んこ姿に先生も見分けができません。

「あなたたちは帰りの会はいいから、お迎えが来るまで外にいなさい。」

と言うと教室に戻ってしまいました。

先生から遊びの許可がもらえたと思った三人は顔の泥を、

「涼介になれ。」

「隼人に変われ。」

「拓真にばけろ。」

と唱えながら塗りあいました。


最初に迎えに来たのは隼人のお母さんでした。泥んこ姿にびっくり。

「梅雨時、洗濯物が増えて大変じゃないの。」

隼人のお母さんは頭にきてしまい、お昼寝用のタオルケットに涼介を包み込み、そのまま自転車に乗せプンプン怒り、勢いよくペダルをこぎだしました。でも乗せた子が涼介だとは気づいていない様子です。

「隼人のお母さん、僕が涼介だと気づかないのかな。おかしいな。」

と、思いました。

「泥んこだから見分けられないのかな。」

「家に着いて顔を洗い、隼人じゃないと分かるとビックリするぞ。」

ワクワクしてきました。

外で待たされたあと、

「お風呂が沸いたよ。今日は特別一番だよ。」

と急き立てられお風呂場に向かいました。お湯で体の泥を洗い流し顔もゴシゴシ洗い、風呂場の鏡をのぞくと、そこには隼人の顔が映っていて涼介はびっくりしました。

「僕じゃない。」

と叫びました。涼介は隼人に変わっていたのです。

隼人の家は牛を飼っています。毎朝、乳を搾って出荷します。家族総出で働きます。牛の世話が毎日あり、家族で泊まりがけの旅行に行くことはありません。

友達が家族で出かけ新幹線に乗ったり遊園地で遊んだ話を聞くと、羨ましくてたまりません。たまに近くの食堂で食事をする程度です。三人兄弟の末っ子です。着替えが終わったら仕事が待っていました。牛の寝床の後始末です。まごまごしていると兄さんに怒鳴られます。

「隼人、早く片付けないと、晩ごはん食べられないぞ。」

と、はっぱをかけてきます。牛の寝床の草はウンチがあったりおしっこ臭いので大変。涼介は見よう見まねで運ぶのですが牛が怖くて動けません。見ていたお姉さんからも注意されます。

「いつも牛を可愛がっているのに何怖がっているの。サッサと運びだしなさい。」

と言われてしまいました。もたもたしていると牛も尻尾で叩いてきます。きれいな藁を敷き詰めると涼介の仕事が終わります。

たくさん働きお腹がペコペコ。晩御飯では出産した母牛の牛乳から作ったチーズやみそ汁に牛乳を入れるのも初めて経験しました。

次に迎えに来たのは拓真のお母さんです。

怒ると思ったら、

「プッ」

と吹き出し大笑い。シャツの首根っこを摑まれ隼人は泥んこのままとぼとぼ歩いて帰りました。隼人だとはやはり気づきません。

「まああかわいい泥人形さん」

と、家に着くと大ばあちゃんが声をかけてきました。

隼人は抱きかかえられ、そのままシャワー室に入り、お母さんがシャンプーで頭をきれいに洗ってくれました。くすぐったくなりました。

「おばさん、僕は拓真じゃないよ。隼人だよ、気が付いた。」

と尋ねると、

「プッ」

とまた吹き出しました。

「何馬鹿を言っているの。あなたは大事なかわいい拓真だよ。」

おでこにキスをして、丁寧に体を拭いてくれました。

「身体が冷えたら大変。風邪ひかないように早く着替えて」

と言われてクローゼットの鏡で自分の姿を確かめると拓真に変わっているのです。

拓真の家は大ばあちゃん八五歳を筆頭に、おじいちゃん、おばあちゃん、お父さん、お母さん、お兄ちゃんです。家族で機織り工場をしています。

拓真は大ばあちゃんの世話係もしています。大ばあちゃんは時刻が混乱して、ご飯を食べたのに、

「食べていない。」

と言い張ることもあります。トイレでの失敗も増え家族は手を焼いていました。拓真は大ばあちゃんが好きで話し相手をしてきました。保育園の話や友だちとの遊びや喧嘩したこともなんでも話します。

「そうか、そうか。」

と、いつも聞き役になってくれます。大ばあちゃんはお手玉が上手です。歌いながらお手玉をやり取りして遊びます。

「大爺さんの月命日だから、今日はお寺に行ってきた。」

と隼人に話してくれました。

拓真の家で、どう振る舞うか困りましたが、いつも拓真がやる癖やしぐさをして拓真になりきり、誰にもバレることなく夜を迎えベッドに入りました。うとうとしかけた時、家じゅうが騒がしくなってきました。大ばあちゃんが部屋にいないのです。時々抜け出すことがこれまでもありました。家族皆で手分けして探し

ました。隼人も拓真になり代わり探しました。一時間かけ探しましたが見つかりませんん。お父さんは警察に捜索依頼の電話をかけました、

「たびたびのことで申し訳ありません。」

と謝って電話を切りました。

「拓真何か心当たりはないか。」

と尋ねられ、隼人は大ばあちゃんが話していたことを伝えると、

「もしかしたら、お寺さんかもしれない。」

とおじいちゃんが大急ぎでお寺に行くと、うずくまる大ばあちゃんを見つけました。

最後に迎えに来たのは涼介の家です。涼介のお母さんは眉間にしわを寄せるとタオルケットを車のシートに引き、何も言わず車に乗せ帰りました。拓真とはやはり気づきません。

車に乗った拓真は、

「僕は涼介じゃない。おろして。」

と叫んだのですが、

「何、馬鹿な事言ってるの。」

聞き入れてくれません。

拓真は家に着くとホースの水を頭からかけられヒヤッとなりましたが、体がさっぱりしていい気持ちです。お母さんは涼介がいつも着ている服をだして、

「早く着なさい」

と言うばかりで驚きもしません。窓ガラス映る自分の姿を見て拓真はびっくりしました。すっかり顔が涼介に変わっていたのです。

泥んこ遊びで掛け合った泥が飛び移り姿が変わってしまったのです。「身体移り」が起こったのです。心や考えは変わらないのに身体が他の子に移ってしまったのです。

涼介はお母さんと二人暮らしです。着替えた後どうしてよいのか分からずボーッとしていると、

「お父さんにただいましてきなさい。」

と促すのです。

「お父さんって。」

と聞き返すとお母さんは怒りだしてしまいました。

「お父さんは死んでいない。」

と涼介から聞いていたからです。

「いつもしているでしょ。仏壇のお父さんに帰りの挨拶でしょ。」

と強い調子で言われ、隣の部屋を覗くとお父さんと家族の写真が飾られている仏壇を見つけ、ぴょこんと頭を下げました。小さな写真立てには笑い顔の三人が写っていました。どうしてよいか分からず、拓真は涼介の部屋に入りおもちゃをいじっていました。

「どうして入れ替わってしまったんだろう。」

「隼人に大ばあちゃんの相手ができるかな。」

色々考えると悲しくなってきました。

晩御飯はカレーライスでした。カレーの日はいつもお替わりするのですが、今日はだめです。流し台にお皿を下げると涼介の部屋にそそくさと戻りました。涼介のおもちゃを眺めながら、

「どうして入れ替わったのか。」

とまた考えました。歯磨きの後、台所を覗くと涼介のお母さんは泣いています。どうしたら良いのか分からず急いで部屋に戻りベッドに入りました。拓真も泣けてきま

した。

次の日は土曜日です。三人が三人共、靴箱の場所を間違えました。涼介はタオル掛けや座る椅子も間違えていました。

三人は教室の隅に集まるとひそひそ話を始めました。どうして入れ替わってしまったのか一緒に考えました。

「園庭をぐちゃぐちゃにしたから雷様が怒ったのかもしれない。」

と涼介は思いました。

大ばあちゃんから聞いた、昔話に出てくる「泥んこドロリン」のせいかもしれないと拓真は思いました。

どうしたら元に戻れるかも一緒に考えました。拓真はお母さんがお風呂あがりに顔にパックすることを思い出していました。

「お互いの顔に泥をぬり、乾いてお面のようになったら元の自分の顔に当ててみよう。」

と相談はまとまりました。

涼介は少し隼人や拓真をうらやましく思っています。兄弟がいて家族がたくさんいて賑やかに助け合っているからです。元に戻りたくない気持ちも湧いていました。

入れ替わったことがばれないように帰った後と、日曜日のやり過ごし方を話し合いました。

拓真は涼介に、「夜お母さんが泣いていた」ことを話しました。

「怒りんぼうなのに、泣き虫なんだ。」

と言うのです。

「パパが死んだのはママのせいだ。」

といつも言う。

「そんな時どうすればいいの。」

と聞くと、

「ママにぴったりくっついているだけだ。」

と言うのです。

拓真は涼介のママに、

「日曜日に写真に写っている遊園地に行きたい。」

と頼みました。

「あの時のようにお弁当作っていこうか。」

と涼介のママも泣かないで答えてくれました。拓真はほっとしました。

涼介は乳しぼりのやり方を覚えました。

隼人は大ばあちゃんがいなくなるのが心配で、一緒に大ばあちゃんのふとんで寝ました。

月曜日は雨になりました。この日も三人とも靴箱入れを間違えました。

雨が降っていても上がっていなくても、お昼寝の後は園庭に出て泥んこになると決めています。

野菜家族

トマト父さん
まっかな顔して　怒ってる
カボチャ母さん
おしりふりふり　つまみ食い
ニンジン兄さん
筋肉ムキムキ　スポーツマン
ネギ姉さん
青白顔で　食べ物やせ我慢

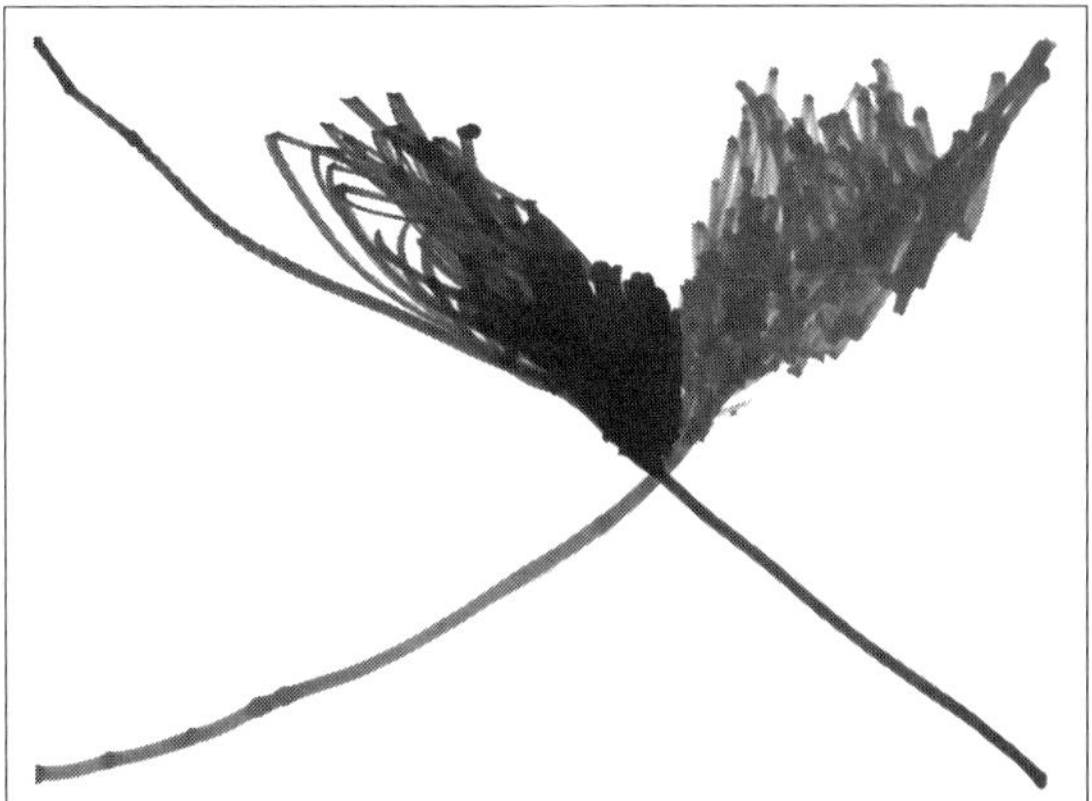

ジャガイモ爺さん
ころころ太り　動けない
バナナ婆さんが
背中丸めて　夢の船をこぐ

けとりチャンピオン

啓子《けいこ》は登園すると、いつものようにロッカーにカバンを掛けようとすると、名前シールの「さわいけいこ」の「け」の字が消えていることに気づきました。

「おかしいわ、字が消えている。きのうまで書いてあったのに。」

タオル掛けにむかうと、同じように名前シールの「けいこ」の「け」の字が消えているのです。

「おかしいな、ここも消えている。」

支度を終え、お絵描き帳を取り出すと。

「へんだわ。お絵描き帳の字も消えている。何故だろう。」

と考えていると、後から登園してきた健太朗《けんたろう》と恵太《けいた》が、

「名前シールの『け』の字が全部消えている。」

と騒ぎ出しました。

それを聞きつけた敬二《けいじ》も確かめると、

「ぼくの『け』の字も消えている。」

と叫びました。四人は職員室の智子《ともこ》先生に知らせに走りました。

「名前のけの字がみな消えてるよ。」

と言っても先生は信じてくれません。無理やり先生を教室まで引っぱってきて、名前を見せると、

「本当だわ。」

「でも、どうして『け』の字だけ消えたのかしら」

さっぱり分かりません。

「先生、お絵描き帳に書いた字も消えてるよ。」

と啓子が見せました。

ショートケーキやチョコレートケーキの絵は消えていないのですが、一緒に書いた文字の「け」の字が消え「ショート□ーキ」とか「チョコレート□ーキ」になっていました。

智子先生はクラスの子どもたちに、

「『け』の字が消えているものが他にないか調べましょう」

と呼びかけました。子どもたちが色々と調べると「今日の献立」の掲示板の中のけんちん汁の「け」やケチャップ煮の「ケ」の字も消えていました。子どもたちは消えた言葉を見つけては、次々、智子先生に報告しました。「け」の字が全て消えていることが分かりました。

年長組の子どもたちは文字に興味を持ち始め、手紙の交換や大好きなキャラクターの絵に文字を添えるようになっていました。

智子先生は園長先生に相談しました。

「以前も同じようなことがあったわ」

「どんぐり山保育園ができて間もない頃よ」

それは園長先生が保母さんとして働いていた頃のことです。

その時も、同じように毎日「け」の字が消えるので先生たちは困り果て、消えないようにマジックインクで太く書いたり、文字の上に、セロテープを貼って防ごうとしましたがだめでした。

書き直しても翌朝になると、きれいさっぱり、「け」の字だけが消えていました。

防ぐ方法が見つかりません。そこで園長先生たちは、どうして消えるのかを探ろうと保育園に泊まり込みました。

夕方、子どもたちが帰り、暗くなると廊下の隅で、毛布を被り隠れていました。いつまでも変わった様子がないので、うとうと居眠りを始めた夜中の十二時のことです。「がりがり。」と言う音が教室の中で響きました。目をこすり、よく見ると、大きな黄色と赤色のまだらの毛虫が、動いていました。

「『け』の字大好き、『け』の字食い大まだら毛虫だぞー。」

と独り言を言いながら、「け」の字を見つけては、むしゃむしゃと食べるのです。そしてクラス中の「け」の字を、アッという間に食べ尽くすと、どこかに消えてしまいました。犯人は、毛の字食い大まだら毛虫でした。

なぜ、「け」の字が消えるのか分かりました。先生たちは、しばらくクラスの中で「け」の字を使わないようにしました。文字の代わりに絵やマークを使いました。三ヶ月たったある日、いなくなったか確かめるため、「け」の字をひとつ書いて教室に置いてみました。

翌朝、確かめると、「け」の字は食べられず残っていました。

その日からは、これまでと同じように、クラスの中で文字を使い始めたそうです。

「あの毛虫、『け』の字食い大まだら毛虫が、また現れたのよ、きっと」

智子先生は聞いたことを子どもたちに伝えました。

しかし、前と同じ様に三ヶ月間も、「け」の字を使わないやり方に、反対する子がたくさんいました。恵太や啓子や健太朗も反対しました。

「いた」とか「ンタロウ」となり、自分らしくなくなってしまうからです。話し合いがつかず、また明日相談することになりました。


次の日も、智子先生と空組の子どもたちは話しあいました。

「このまま『け』の字を使わないのではなく、毛虫を退治しようよ」

「どうやって退治すればいいんだろ」

一生懸命考えました。

「ねばねば液のゴキブリ取りをたくさん置いてみよう」

と啓子が言うのでやってみましたが捕まえられませんでした。

「教室の入り口や窓にガムテープを貼り隙間を無くして入れないようにすれば」

と陽介《ようすけ》がアイデアを出したので貼ってみました。しかしどこからか入ってきて「け」の字は食べられてしまいました。

話し合いの末よいことを思いつきました。

その日、空組の子どもたちは園庭に遊びに出ないで、全員で「け」のつく言葉を思いつくだけたくさんカードに書きだしました。まだ字の書けなかった子も友達に教えてもらいながら一生懸命書きました。

大地組や風組の子どもたちは、いつもは使わせてもらえないブランコや滑り台を自由に使え大満足です。

子どもたちは帰りの会の後、そら組の教室に「け」のついたカードを撒き散らしました。

そして先生と子どもたちで考え抜いた秘密の道具を取り出しました。

一つは黒板消しほどもある大きな消しゴムです。このジャンボ消しゴムは文房具屋さんにお願いし、特大サイズにしてもらったものです。

それだけではありません。もう一つは黄金色に輝く大きな毛抜きです。これは敬二のおじいちゃんの鉄工所にお願いしたものです。サイズも馬の爪切りほどあります。

全部の準備ができたところで最後に、智子先生は黒板に「『け』の字取りチャンピオン大会」と大きく書きました。

「ジャンボ消しゴムか、黄金毛抜きか、それともけの字食い大まだら毛虫か。誰が一番けの字を取れるでしょう。」

と添えました。

しかし、ほんとうに、「け」の字食い大まだら毛虫は、出てくるのでしょうか。

夜、空組の教室は暗くシーンとしています。その闇の中で、もぞもぞ動くものがいます。そうです、「け」の字食い大まだら毛虫がほんとうに出てきたのです。

「『け』の字大好きガリガリ、モグモグ、ブッツブッツ。『け』の字大好きガリガリ、モグモグ、ブッツブッツ。」

と鼻歌を歌っています。黒板に書かれた立派な「け」の字を見つけ、それを最初に食べようと黒板を登り始めました。

そこに「『け』の字消し取りチャンピオン大会」の言葉を見つけたのです。

「なにを言っているんだ、この大まだら毛虫様にかなうやつがいたら見てみたい。」

とつぶやくと、横たわっていたジャンボ消しゴムがムックと起きあがり、大きな声で、

「なにをもうすか、消すことはおまかせ。俺様こそ、『け』の字消し取りのチャンピオン。」

と名乗るのです。

毛虫と消しゴムが睨みあっていると、割り込んできたのが黄金毛抜きです。

ジャンボ消しゴムより、さらに大きい声で、

「キャシーン。」

と音をたてテーブルに跳ね上がったのです。刃をカチャカチャさせ、せっかちに言うのです。

「わしは黄金色の毛抜き様。そんじょそこらの毛抜きとは訳がちがう。きたえぬいたこの刃先で、『け』の字を片っ端から、ぬき取ってやる。」

と叫んだのです。

三つ巴のチャンピオン大会が始まりました。大まだら毛虫は子どもたちの書いた文字の中から「け」の字を見つけると、

「ガリガリ　ガリガリ。」

とかじりだします。

それに負けまいと、ジャンボ消しゴムも大慌て、

「ゴシゴシ　ゴシゴシ。」

と音を上げ「け」の字を消しだします。

黄金毛抜きも、勢いよく「け」の字に飛びつき、

「キャシーン、キャシーン。」

と引きはがしていきます。

空組の教室のうるさいこと、うるさいこと。

しかし、朝方になると教室がだんだん静かになってきました。もう消しとる「け」の字がなくなってきたからです。

チャンピオンは誰でしょう。

一晩中夢中で動いてフラフラになりながら取りあったので、お互いのけの字までうばいあいました。

消しゴムは毛抜きの「け」を、毛抜きは毛虫の「け」を、毛虫は消しゴムの「け」を、それぞれに消しとり、抜き取り、かじりとったのです。

消しゴムは削りかすになり、毛抜きは刃がぼろぼろになってしまいました。

大まだら毛虫は、「け」を抜かれ、ただの「まだら虫」になってしまいました。おまけに朝陽に当たると、ちぢみあがり消えてしまいました。


おしまい。

ちいちゃん

ちいちゃんは　とってもお姉ちゃん
でもときどき赤ちゃん
どっちかな　どっちかな
ほんとうのちいちゃん
たくさん遊んで　ケンカして
たくさん食べて　少しこぼして
たくさん笑って　時々泣いて
そうして
そうして
ほんとうのちいちゃんになっていく

コロコロ祭

どんぐり山保育園は、どんぐり山のふもとにあることから名付けられました。

どんぐり山にはブナ、コナラ、山栗、椎の木など色々などんぐりがなる木があります。

散歩で集めてきてままごとに使ったり、コマにして遊びます。山栗拾いや椎の実拾いもします。ポケットいっぱい集め、保育園に持ち帰ると山栗は給食室に持ち込み茹で栗にして食べたり　栗ご飯にして給食で食べます。椎の実はホットプレートに入れ香ばしくなるまで焼いて「あちち、あちち」と言いながらおやつにして食べます。

保育園にも一本の大きなどんぐりの木があります。でもこの木はどうしてかいまだ実をつけたことがありません。

なぜどんぐりの木がここで育ったかお話ししましょう。

保育園ができた時から、どんぐり山は子どもの遊び場になっていました。

子どもたちは陽当たりの良い斜面に出ると寝ころがり、青い空に浮かぶ雲をながめ、

「亀が泳いでいる。」

「ドーナツになった。」

とか、雲の形が何に見えるか言い合います。

春はダンボールを持って山に登り、そり遊びをします。

夏はクワガタやカブトムシを探します。

秋が深まり落ち葉のじゅうたんが完成すると相撲を取ったり、落ち葉の中に潜り込みプールごっこやかくれんぼをして遊びます。

落ち葉のじゅうたんはフワフワなので転んでも痛くないのです。まるでおふとんのようです。このふわふわも一週間もすると固くなり濃い茶色に変わっていきます。転がると痛く、葉も粉々になってしまいます。このちょうど気持ちの良い時がコロコロ祭です。

年少組から年長組だけでなく、先生も園長先生も給食の先生も参加します。転がり方は前回りでも横回りでも側転でも構いません。

ふわふわ落ち葉の上で「押しくら饅頭」をして押し出された子どもはそのままコロ

コロと転がっていくのです。わざと負けてはいけません。負けた子が次々転がっていきます。気をつけないと目が回りなにがなんだか分からなくなります。

一番長く転がった子が、その日のチャンピオンとなります。


この祭りは保育園が始まった年からやっています。

にぎやかにあそぶ子どもたちの様子を、うらやましそうに眺めているどんぐりの子がいます。

「僕もみんなと遊びたいな。」

とつぶやきました。一緒にかくれんぼや鬼ごっこに加わりたくてしかたないのです。

ある日、アラカシの木の母さんに頼みました。

「大きくなったなら保育園に行きたい。」

「ほかのどんぐりの子たちはそんなことを言わないのに。」

とお母さんは困ってしまいました。

一ヶ月もするとどんぐりは丸まるとなりました。

また、お母さんにお願いしました。

「僕は立派などんぐり小僧になった。保育園に行きたい。」

と叫びましたが、

「あなたはどんぐりの子よ。」

と、許してもらえません。


コロコロ祭も今日が最後となりました。

大樹《たいき》はまだコロコロチャンピオンには一度もなっていません。スピードがでると怖くなり足でブレーキをかけてしまいます。

ワイワイガヤガヤにぎやかな子どもたちの声に、とうとう我慢ができなくなり、どんぐり小僧は、枝先をゆすり、

「エイ」

と木から飛び降りるとコロコロコロと転がり、先生や子どもたちの輪に紛れ込みました。

子どもたちがお茶を飲むと同じようにどんぐり帽子をコップ代わりに差し出し、先生からお茶をもらいました。

どんぐり小僧は大樹の隣に座り、

「どんぐりになりきれば一番になれるよ。」

と教えました。

大樹は勇気を出し体を丸くし目がクラクラするのをがまんし転がり続けました。どんぐり小僧も一緒に転がり励ましました。

「椎の木四本　くぬぎが九本　どんぐり十本　山栗グリグリ　ぐるりんこ。」

と歌いながら転がりました。歌うと怖くなくなりました。

「やったー僕が一番だ。」

大樹はチャンピオンになりました。

どんぐり小僧は大樹のポケットに潜り込み一緒についていきました。もっともっと遊びたかったのです。


お昼寝の後、園庭でかくれんぼをしました。大樹が鬼です。

「も～いいかい。」「まーだだよ。」で、散りぢりばらばら、思い思いに隠れました。どんぐり小僧もころがりながら隠れ場所を探します。

「も～いいかい。」

「も～いいよ。」

鬼は動き出します。

「恵介、大ちゃん、見つけ。」

「健太朗、見つけ。」

　と大樹は次つぎ見つけていきます。

　どんぐり小僧は小さい体をさらに丸め、見つからないように、じーっとしていました。大樹はどんぐり小僧を探しましたが見つかりません。

「空組さん帰りの会ですよ。」の智子先生の声でかくれんぼはおしまいとなりました。でも、どんぐり小僧は訳が分からずじーっとしていました。

　園庭が静かになっても、じーっと隠れていました。子どもたちはどんぐり小僧を忘れて、お父さんやお母さんが迎えにくると帰ってしまいました。

　大樹もどんぐり小僧のことをすっかり忘れていました。

　どんぐり小僧は見つけてもらうことを期待して待ちました。

　先生が帰っても、夜になっても、じっとしていました。

　待ち続けているうちに、どんぐり小僧に根が生えてきました。転がってみんなの所に行こうとしましたが動くことができません。一緒に遊ぶことができません。

　頭から双葉も出てきました。

「どうしようどうしよう」

と思っているうち、幹は伸びていきました。

どんぐりは枝も増えたくましい木になりました。


さびしい年が続きましたが、十年たつと木登りのできる木となりました。初めて木登りする子を励まし遊びました。

どんぐりはどんどん大きく太くなっていきました。二十年たつとかくれんぼの隠れ場所になりました。子どもが隠れるため寄ってきます。子どもたちがたくさんどんぐりの木に集まります。木陰をつくり、外給食の日はどんぐりの木の下に集まり給食を食べました。子どもたちの大好きな場所となりました。


祐樹《ゆうき》はいつものように友達と帰りの会の後、園庭でかくれんぼを始めました。

「もういーかい。」

「まーだだよ。」

声を掛け合い夢中になって遊んでいました。祐樹はどんぐりの木の後ろに隠れ、見

つからないよう木にピッタリくっ付いていました。じーと動かないで我慢していると
「みーつけた。」

と背中を突かれました。振り返ると鬼になった恵太《けいた》ではなくニコニコ顔のお父さんでした。風邪をひいたお母さんの代わりに迎えにきたのです。

祐樹のお父さんの名前は大樹です。この保育園の卒園生です。そうです。どんぐり小僧と一緒にかくれんぼをした、あの時の子どもです。

見つけてほしくて待ち続け、時間はどんどん進みました。どんぐり小僧は大きなどんぐりの木になりました。大樹も大人になりました。でも祐樹のお父さんである大樹は、それを知りません。

どんぐりは枝をゆすり合図しましたが駄目でした。

どんぐりは、昔みたいにはさみしがりません。明日また子どもたちといっぱい遊ぶから。

体操

蟻が体操するときは
六本の足を順番に動かさなくては
いけません
毛虫が体操するときは
毛をピンと伸ばさなくては
奇麗には見えません
金魚が体操するときは
ゆっくり揺らさないと
金魚鉢の水がこぼれてしまいます
蜜蜂が体操するときは
せわしく八の字に羽を震わせないと
落ちてしまいます

僕たちが体操するときは
人形のように　すまして歩き
汽車のように速く走り
小枝のよう優しく揺れ
太鼓のように弾み
タイヤのように転がるんだ

追いかけっこになれば
鬼のように大きな手の網で
一網打尽に捕まえる

一枚のお札

　どんぐり山保育園の作品展が始まりました。

「秋の果物　柿　大野雄太《おおのゆうた》」とプレートが添えられた紙粘土の作品を眺めていた大地組の孝雄《たかお》は、柿にヘタがない事に気付きました。

　そら組で遊んでいた雄太に、

「柿にヘタがないぞ。」

と話しかけると、雄太は怒りだしました。

　担任の愛《あい》先生に、

「とても上手にできました。」

と褒められた作品だからです。

「へたじゃない。」

と、食ってかかります。

「せっかく教えてあげたのに」

孝雄は喧嘩を売られたと思い、

「『ヘタがないから、ヘタがない。』と教えてやったのになんだ。」

と大声を出し、取っ組み合いになりました。

年長組にはかないません。雄太は突き飛ばされてしまいました。

雄太は、あわてんぼうです。先週も、「蛇の中で、どの蛇が一番強くて怖いか」と話題になった時のことです。

太郎《たろう》は、

「コブラ」

と言い、則之《のりゆき》は、

「ニシキヘビ」

と言い張りました。

その二人に割り込んだのが雄太です。

「違うよ、一番怖いのは、やぶ蛇だぞ。」

と自信たっぷりに言うのです。

太郎も則之もそんな蛇の名前を聞いたこともありません。

実は、その言葉は前の日にお母さんが電話で話していたやぶ蛇のことです。

「やだ、それじゃあ、やぶ蛇ね。まあ怖い。恐ろしいこと。」

と、お母さんが何回も「怖い。恐ろしい。」を繰り返すので、やぶ蛇と言う蛇が一番強くて怖い蛇だと雄太は思ったのです。

争いは二人対一人に変わり、

「証拠を見せろ。」

と言われ、

「お母さんが言っていた。」

と主張しますが、納得しません。

「動物園で見たのか。」とか、

「写真を見せろ。」

と言われると、言い返せなくなりました。

雄太はちょっとした言葉が気になると、その言葉から抜け出せなくなります。

この前は、廊下で仰向けに寝転び足を使い勢いよく廊下を進み、

「虫唾《むしず》が走る。」

と叫ぶのです。

お迎えの帰り道、桜の木に集まった沢山の毛虫を見てつぶやいたお母さんの言葉で

す。

「あー虫唾が走るわ。」の言葉が雄太の頭の中で広がっていきました。

大声を聞きつけた先生が廊下に出ると、

「虫唾が走る。」

と叫ぶ姿に呆れてしまい注意できませんでした。


愛先生が朝の会で「三枚のお札」の絵本を読み終えた時、雄太は、お話に納得できませんでした。

「愛先生、その話、おかしい。」

と言い出すのです。

「一枚目のお札で『山姥消えろ。』と言えば山姥は直ぐ居なくなる。」

と言い張るのです。愛先生が、

「小僧は慌ててしまい、それは思いつかなかったの。」

と言っても治まりません。

クラスの友だちも、

「大冒険になって面白い。」

と先生の肩を持つと雄太はますます意固地になっていきます。いつまでも騒動が治まらないので、

「園長先生に聞いてきて。」

と園長室に行くよう促しました。

話を聞いて園長先生も困ってしまいました。

納得しないので、

「実際に、どんぐり山保育園から山寺に行って、和尚さんに会って教わってきたら」

と雄太に勧めました。

園長先生は、一枚だけお札を作り雄太に渡しました。そして真剣な表情で念を押すのです。

「雄太くん。ほんとうに一枚だけで大丈夫なのね。用心のため三枚持って行けば。」

と言うのですが、今更三枚とは言えません。

お札の裏には、どんぐり山保育園と書いてあります。給食の代わりにと給食室の寛《ひろ》子《こ》先生が大きなお握りを三個作ってくれました。

帽子を被り、お弁当をカバンに入れ、奥山のお寺を目指し、雄太は歩きだしました。

森にさしかかると、草を刈っているおばあさんに出会いました。ニコニコ顔で雄太に、

「可愛いぼうやが、一人でお出掛けかい。」

と、声をかけてきました。

「山寺の和尚さんに、教えてもらいたいことがあるの。」

と答えると、

「気をつけなさいよ。最近、山姥に追いかけられた人がいるからね。」

と言うのです。

雄太はドキッとしましたが平気な顔で別れました。

雄太には山姥をやっつける自信があるからです。進むにつれ、森は色々な木々に覆われ辺りはうっそうとしてきました。山姥が住んでいそうな景色に変わっていきました。

雄太は、お札がカバンにあるか気になりました。立ち止まってカバンを覗いた時です。森のどこからか唸る声が聞こえてきました。

「臭うぞ、臭うぞ。子どもの臭いだ。子どもはどこだ。おいしい子どもはどこだ。」

と言う声が近づいてきます。

雄太は走りました。早く山寺まで行かなくてはなりません。唸り声は大きくなるばかりです。

「山寺には行かせねーぞ。」

と低い声が直ぐそこまで迫ってきます。

アッという間に追いつかれ、ホースのように手が伸びカバンを摑みました。

雄太は慌ててお札を取り出し、山姥に向け投げつけると、

「山姥消えろ。」

と叫びました。


すると、辺りは急に静かになり、小鳥のさえずりも始まりました。そっと周りを見まわしましたが山姥の姿はありません。

大成功です。確かに、山姥が消えたのです。

「ヤッター。」

と叫びポーズを決めました。

「砂山出ろ。」でも、「大川出ろ。」でもなく、「山姥消えろ。」と言えば大丈夫だと思いました。

安心した雄太は、お腹が空いていることに気づきました。草はらに座り込むと、お握りをカバンから取り出しました。

一つ食べ終わった時です。

「小僧はどこだ。」

と山姥の声が、また聞こえてきました。

振り返ると消えたはずの山姥の姿が目に入りました。

また現れたのです。

雄太はびっくり仰天。もうお札がありません。

仕方なく雄太はお握りを投げつけました。

山姥はお握りを摑むと立ち止まり、

「うまい、うまい。」

と食べ始めました。

その隙に雄太は逃げ出しました。

食べ終わると山姥はむっくと立ち上がり、

「小僧。山寺には行かせねーぞ。」

とまた、迫ってくるのです。

消えた山姥が何故現れたのか、雄太は見当もつきません。

このままでは追いつかれてしまいます。

三つ目のお握りを投げました。

山姥はにやりと笑い、お握りを摑むと、

「うめいなー。うめいなー」

とうまそうにほおばります。お握りはもうありません。

食べ終わると目をギラギラさせ、

「小僧待てー。小僧待てー。」

と、また唸りながら追いかけてきます。


雄太は口の周りに付いていた御飯粒を帽子にこすりつけ、山寺に向かって、

「えーい」

と力いっぱい投げ草むらに隠れました。

帽子は風に乗りどんどん飛んでいきます。

それを山姥はクンクンと犬のように臭いを嗅ぎ帽子を追いかけていきます。

雄太は山寺に向かわず、どんぐり山保育園に向かって走りました。

子どもではなく、ご飯粒の付いた帽子だと分かった山姥は、顔を真っ赤にして怒りました。

「小僧、だましたな。」

と目の色を変え追いかけてきます。

「小僧、待てー。小僧待てー。」

としわがれ声をさらに震わせせせまってきます。


山姥の手が伸び雄太の背中に触った気がしましたが、振り返る余裕はありません。ハーハー息を切らして保育園にたどり着き園長室に飛び込みました。

ゼイゼイとした息がおさまると、園長先生に山姥のことを話しました。

「『消えろ。』とお札を投げたのに、しばらくしたら又現れた。園長先生のお札は効き目がない。」

と文句を言うと園長先生が、

「雄太くん。『消えろ』じゃだめだよ。消えるだけで、また出てくるから。『二度と現れるな。』と言わないかぎり何回も出てくる。」

と言うのです。

一度消えたのに、なぜまた現れたのか分かりました。
でも、雄太は背中にくっ付いた大きなヤツデの葉には、まだ、気付いていません。

ブランコ

お父さんとお母さんの手のブランコ
お兄ちゃんがゆれる
もっと遠くが見たいな

お父さんとお母さんの手のブランコ
お姉ちゃんがゆれる
もっと笑っていたいな

お父さんとお母さんの手のブランコ
妹がゆれる
もっともっと大きくなりたいな

お父さんとお母さんの手のブランコ
僕がゆれる
このままがいいな

風の子

夕美《ゆみ》ちゃんには、朝陽《あさひ》と言う弟がいます。二人は一緒に、どんぐり山保育園に通っています。夕美ちゃんは年長の空組で、朝陽君は年少組の海組です。同じ保育園に通い毎日一緒にいるのに、喧嘩をすることも、一緒に遊ぶこともありません。朝陽は人に関心や興味を示しません。もうすぐ四歳になるのに、まだ一言も喋れません。朝陽は一日中マンホールや側溝に小石を落として遊びます。

たくさん石を落とし満足した時に見せる朝陽の笑顔は、白木蓮のように素敵です。

お父さんお母さんは毎日大変です。偏食が強く、どんなに強く叱っても、おだてても振りかけご飯以外は食べません。寝るのも夜中の一時、二時が当たり前で、寝ない時は明け方の四時頃まで起きています。体を揺さぶられていないと寝ないので、三歳の今でもおんぶしたり、抱っこして寝かしつけます。お母さんは重たくなったので長い時間のおんぶや抱っこができません。

なかなか寝てくれない時は車に乗せ、車の揺れで眠りを誘うのです。何十キロと車を走らせることもあります。寝入ったのを見計らってお布団に入れるのです。

朝陽の世話でくたくたなり、お父さんとお母さんはよく喧嘩をします。

四歳の誕生日を迎えた九月頃から、朝陽の遊びが変わりました。落とすものが、小石から葉っぱになりました。最初は一枚一枚落としていたのですが、そのうちまとめてサラサラと落とすようになりました。風の向きや葉っぱの形や種類により、飛び方や飛ぶ距離が変わることに気づいたようです。

風が走る場所を見つけると、一日中そこで遊びます。

クラスの子どもやおもちゃには、相変わらず関心を示しません。しかし、魅入られたように葉っぱを落とし続ける朝陽の姿に、夕美ちゃんは感心したり、うらやましく思う時もあります。

葉っぱ落としが段々エスカレートし、家の中にまで持ち込み、部屋は葉っぱだらけになりました。

そうなると、お父さんとお母さんのケンカの回数が増えてしまいました。すると決まって夕美ちゃんは目をしばたく癖が出てしまいます。

夕美ちゃんは、

「お父さんお母さんが仲直りできますように」

と神様にお願いをします。そして朝陽が部屋を汚さない方法を懸命に考えました。ある時、良い方法を思いつきました。葉っぱの形に紙を切り渡すと、それを落として遊びだしたのです。そのうち自分で紙をちぎり落として遊ぶようになりました。もう紙さえ用意すれば安心です。

でも紙が無くなると千円札でも、保育園のお便りでも何でもちぎってしまうので、いつでも紙を用意しておかなくてはなりません。

また困ったことが起こりました。飽きることなくちぎるので、部屋は紙くずだらけです。

掃除機も紙を詰まらせ壊れてしまいました。保育園の送り迎えの時でもちぎるので、車の中も紙くずだらけです。走っている時うっかり窓を開けようものなら、紙が外に飛び散り紙吹雪のパレードのようになります。通行人をビックリさせることもあります。

しばらく収まっていたお父さんとお母さんのケンカが多くなります。すると夕美ちゃんの目をパチパチするくせも多くなります。

夕美ちゃんは、

「お父さんお母さんが仲直りしますように」

と神様にお願いをします。そして一生懸命考えました。他の遊びに誘いましたが興味を示しません。仕方なく以前の石落しに誘いましたが部屋ではそれができません。やっと良いことを思いつきました。段ボールの内側をクレヨンで黒く塗りマンホールを作りました。夕美ちゃんも一緒になって紙を落として遊んだのです。不思議なことに一緒にやるようにしたら朝陽は夕美ちゃんに、べたべたするようになりました。夕美ちゃんは姉弟らしくなれたと喜びました。

しかし油断はできません。紙が積もり山盛りになっていくからです。段ボールのマンホールはもう満杯です。

収まっていたお父さんとお母さんのケンカが始まってしまいます。

「お父さんお母さんが仲直りしますように」

またまた神様にお願いしました。そして一生懸命考えました。

ジングルベルの曲が流れ出した十二月のある日、良い考えが浮かびました。うずたかく積もった紙くずの山を糊で固めその上に緑色の絵の具を塗りクリスマスツリーを作りあげたのです。それに飾りをつけ、お父さんお母さんへプレゼントとしたのです。

ぞう

そうぞうしてごらん

ぞうがぞろぞろ散歩する
けとばすぞう
ひっぱるぞう
なくぞう
のんびりしているぞう
みちくさするぞう
水を飛ばすぞう
ぞうの先生きっとこまるぞう

ぞうがぞろぞろ散歩する

ほえるぞう
ふみならすぞう
すべるぞう
ぶつかるぞう
はしりまわるぞう
そうぞうしいったらありゃしない
ぞうの先生きっとおこるぞう

二匹のオオカミ

毎年どんぐり山保育園の生活発表会では、クラスごとに歌や劇遊びが披露されます。クラスで何をやるかはお互い秘密です。兄弟でも話すことは許されません。発表会当日の御楽しみなのです。

一人だけ、出し物を知っている人がいます。それは園長先生です。色々なクラスからお手伝いを頼まれるからです。山姥になったり、トロルになったり大忙しです。

今年は、不思議なことに五歳児の空組からは「三匹のこぶた」のオオカミ役、四歳児の大地組は「赤頭巾」のオオカミ役、三歳児の海組からは「七匹の子やぎ」のオオカミ役と三つのクラスから、同じ役を頼まれたのです。

発表会が近づくと園長先生は大変です。海組の練習が長くなると大地組にはオオカミが来なくて赤頭巾の練習が進みません。お客様が訪ねてきてもオチオチ話もできないほどです。

そこで奥山に住む本物のオオカミに頼んで手伝ってもらうことにしました。

空組の子どもたちが、

「園長先生、三匹のこぶた、お願いします。」

と園長室を覗くと立派なオオカミが立っていました。空組さんは、

「キャー、オオカミだ。オオカミがきたぞー。」

と園長室から劇が始まりました。オオカミは追いかけました。劇はとても盛り上がり、今までで一番の出来ばえとなりました。担任の智子《ともこ》先生も大喜びです。

空組から戻り園長室で待っていると、大地組の芳也《よしや》くんが呼びにきました。

「園長先生、もっと暴れてほしい。」

と頼まれました。張り切ってわらや木を力いっぱい投げ飛ばすと、子どもたちも真剣になりこれまでにない迫力ある劇となりました。

園長室に戻ると、もう一匹のオオカミが待っていました。園長先生です。

「あしたは、よそに出かけるから、全部のクラスを廻ってほしい。」

と頼みました。オオカミは頼まれると嫌といえません。でも少し元気がありません。

「張り切りすぎて疲れたのかな。」

と園長先生は思いました。

次の日、大地組の赤頭巾ではオオカミは苦労しました。おばあさんに化けなければ

ならないからです。

空組の三匹のこぶたの練習の途中で、オオカミは、

「もうだめだ。」

と泣き出し練習をやめ出て行ってしまいました。

子どもたちはびっくり。怖いオオカミが泣き出したのですから。

園長室を覗きましたが、いません。

その日以来、オオカミはどんぐり山保育園に来なくなってしまいました。

園長先生は心配し、奥山のオオカミの家を訪ねました。オオカミは野山の花の手入れをしていました。

「こんにちは、オオカミさん。」

と声をかけました。

「劇の練習を、また手伝ってほしい。」

と頼みました。

「もう、どんぐり山保育園には行けない。」

とオオカミは言うのです。

「オオカミが人間に嫌われていることを知った。自分は人を一回も襲ったことはない。

人間の方が野山を荒らし、森を台無しにしている。人間の飼っている鶏や羊や豚も、森が人間に荒らされる前は、どんなオオカミも襲ったことはない。」

と言うのです。

「人間と仲良しになりたいのに、劇をすればするほど人間は、オオカミを恐れ憎むようになってしまう。だから、もう出来ない。」

と言うのです。

園長先生は、オオカミを傷つけてしまったと気づき詫びました。

保育園に帰ると、空組、大地組、海組の子どもたちに、

「園長先生は、忙しかったので奥山に棲む本当のオオカミさんに来てもらっていた。」

と話しました。子どもたちは本物のオオカミと聞いてびっくりしました。

でも誰一人、怖いとは想いませんでした。

オオカミは森の守り番で、むやみやたらに生き物を殺さないことを知りました。

それぞれの出し物がお互い分かってしまいましたが、今回はもめませんでした。

子どもたちは、本当のオオカミの気持ちを知り、お話を変えることにしました。

「奥山のオオカミさん、劇遊びのお手伝いありがとうございました。新しい劇を見に来てください。どんぐり山保育園」

と発表会への招待状を書きました。

オオカミは手紙をよろこびましたが、お話を変えることは反対しました。

発表会は大成功でした。見学に来たお父さんやお母さんは子どもたちの成長を喜びました。

オオカミはやはり来ませんでした。

奥山で狼を見かける人は、誰もいなくなりました。

おしまい

ですが、

おまけに子どもたちが考えたお話を教えましょう。

昔々のその昔、どんぐり山の奥の奥の奥山に、一匹のオオカミが棲んでおりました。ある時、山里のこぶたの家を見て、オオカミは壊れそうな家が気になって仕方がありません。こぶたにオオカミが近づくと、怖がって逃げ出すばかりで、話を聞いてくれません。

もうじき嵐の季節です。オオカミは行動に出ました。せっかく造った藁の家ですが、

「フーフー。」

と息を吹きかけるだけで家は壊れてしまいました。藁の家は壊れやすいのです。

こぶたたちはびっくりして、木の家を作りました。

オオカミはまだ弱いと思い「プープー。」と息を吹きかけました。これまた吹き飛ばされてしまいました。わらの家より力がいりましたが簡単に壊れました。

こぶた達はびっくり、三匹は力を合わせて丈夫なレンガの家を作りました。

オオカミは、まだ心配で仕方ありませんでした。屋根を調べているうち煙突に落ち、かまどで大やけどをしてしまいました。

その三日後のことです。オオカミが心配していた大嵐がきました。しかし強く丈夫な家をこしらえたので、こぶたたちは無事でした。

一方、オオカミはやけど傷がズキズキ痛みます。薬を分けてもらおうと、こやぎの家を訪ねました。

「開けるもんか。こぶた君たちの家を壊す悪い奴。」

と取り合ってくれません。仕方なく森の泉で痛みを抑えようと山道を歩いていると、花を摘んでいる赤頭巾に出会いました。

「これは森の大切な花だよ。」

とオオカミは呼びかけました。

赤頭巾はびっくりし、逃げ出してしまいました。お母さんに頼まれたお菓子もワインも置いて。

オオカミは困ってしまいました。赤頭巾の後を追いました。

「わすれものだよ。」

と大声で叫んでも赤ずきんは止まりません。

赤頭巾はお母さんから、

「道草をしてはいけない。」

と、注意されていたので、オオカミに声をかけられ慌ててしまい、おばあさんへのお土産も忘れてしまったのです。

赤頭巾の後を追うオオカミの姿を見た猟師は、

「オオカミのやつ　赤頭巾を食べようとしている。」

と勘違いをしました。

猟師はオオカミの後を追いました。

オオカミは、

「仕方がない。かわりにおばあさんに届けてやろう。」

とおばあさんの家に向かいました。

「こんにちは　赤頭巾の忘れ物です。」

と声をかけました。

おばあさんの家に入ろうとするオオカミを、猟師は鉄砲を構えて、

「ズドーン。」

と撃ちました。

オオカミはバタリと倒れました。

「長生きしすぎた。狼が森を守る時代は過ぎ去った。」

とオオカミは思いました。


おしまいのおしまい。

かくれんぼ

とんとんお母さんはいませんか
いいえ　いません
お母さんでしょ
いいえちがいます
ではそこにいるのはだれ
てんとう虫です
てんとう虫なら　アブラムシを食べるはず
まずい

とんとんお母さんはいませんか
いいえ　いません
お母さんでしょ

いいえちがいます
ではそこにいるのはだれ
もぐらです
もぐらなら　ミミズを食べるはず
まずい

とんとんお母さんはいませんか
いいえ　いません
お母さんでしょ
いいえ　ちがいます
ではそこにいるのはだれ
コアラです
コアラなら　子どもをおんぶするはず
ほら　わたしをおんぶした

お母さん　見つけた

トンネル工事

雅夫《まさお》と弘《ひろし》は砂場に、

「どんぐり山保育園の誰もが作ったことのない大きな山を作ろう」

と相談しました。

「保育園の後ろに連なる奥山より大きい山をつくろう」

とおお張り切りです。

夢中になって砂をかき集め大きな砂山を作り上げました。それでも満足しない二人は園庭の砂をかき集め積み上げました。

「でーきた、できた、日本一の砂山が」

と歌いました。

「よしトンネルも掘ろう」

雅夫が言うと、

「掘っても、壊れないようにしよう」

と弘が答えました。

さっそくスコップで砂山をたたいて丈夫にしていきます。それが終わると、更に手でおさえつけます。二人は「ふー」とため息をついてから、次の作業に取り掛かります。

両手を使いどんどん掘り進みます。掘り進むと二人の指先はちょこっとふれ合いました。お互い顔を見合わせてニヤと笑いました。

「大成功」

と声を上げました。

最後の仕上げです。砂場の木の電車が通れるまで穴を広げなくてはなりません。その時です。大地組の愛《あい》先生の声が響きました。

「集まりの時間ですよ」

と。二人は、

「せっかく上手い具合にトンネルが貫通したのに」

とクラスの友だちが片付けだしてもトンネル掘りを止めません。昨日は、トンネルを掘っている途中で崩れてしまいました。きょうは失敗したくはありません。

ほかのクラスも先生に呼ばれ教室に入り、園庭は静かになりました。夢中になって掘り進む二人は自分たち以外には誰もいなくなったことにも気づきません。

「遂に、トンネルができたぞ」

二人は玩具の汽車を通過させ大満足です。次に手をいれ握手です。砂で汚れた手で握手すると、うれしくなりました。

二人の握手は力比べの綱引きに変わりました。手と手のひっぱりっこです。

引っ張り勝負は、なかなか決着がつきません。汗が噴き出してきました。二人とも目を張り歯をくいしばります。同時にグッと強い力で引っ張った時、手が滑り頭と頭がぶつかりました。

「イテ」

と叫ぶと同時に、目から火花が飛び出ました。

しばらくの間、目をグッ閉じ頭を押さえ痛みに耐えました。痛みが少し治まったので目を開けると二人とも大きなトンネルの中です。

「ここはどこだ」

と二人はトンネルの中を見渡しました。

そこにボロボロのバスが近づいてきました。ヘッドライトが片方ありません。入り口の開閉ドアもありません。しかし見覚えのあるバスです。

「どこかで見たことがあるぞ」

と雅夫は思いましたが、どこで見たか思い出せません。二人が乗り込むとバスは動き出しました。動くたびバスは上下にギクシャクし揺れ、まっすぐ走ることもできません。タイヤの車軸が極端に歪んでいるようです。二人は乗り物酔いを起こし急いでバスを降りました。二人は座り込んで治まるのを待ちました。

気持ち悪さが少し治まり落ち着きを取り戻し見渡すと、そこはペットショップの前でした。店をのぞくとカブトムシやクワガタそして小鳥がみえました。不思議な生き物です。カブトムシの背中は赤い丸が幾つも描かれていますし、クワガタは角がありません。せみは羽が半分しかなく飛べずにバタバタしています。その姿は記憶のどこかに残っているのですが、二人とも思い出せません。

隣のおもちゃ屋さんの中をガラス越しに眺めると、ぬいぐるみのウサギはボタンの目が取れています。馬の人形の足も三本足でやっと立っています。

雅夫と弘は思い出しました。馬の人形は真弓《まゆみ》の使っていたのを横取りしようとして強引にひっぱり足が取れて真弓が大泣きし、先生に叱られたこと。そのカブトムシをテントウムシカブトムシとクワガタを喧嘩させ角が折れたこと。そのカブトムシをテントウムシに変身させようとして赤丸を描いたこと。さっき乗ったバスのことも思い出しました。クラスのおもちゃのひとつです。ふざけて走り回り踏みつけて壊れ、まっすぐ走らなくなったおもちゃです。雅夫と弘は子どもたちに捨てられたり、壊されたおもちゃやペットの世界に紛れ込んでしまったようです。クワガタは、

「角を返して」

と訴えます。カブトムシは、

「テントウムシにされ力がだせない。力を返してくれ」

といいます。

片目のないぬいぐるみのウサギは、

「子どもたちが抱っこしてくれなくなった。友達を連れてきて」

と泣き出すのです。

三本足の馬は、

「もっと速く走りたい」

とヒヒーンと鳴きました。

これまでにしでかしたいたずらやいじわる、友達とのケンカが頭に浮かび上がってきました。

どうしたらよいのか分からなくなってきました。

「なんとかして」

といっせいに詰め寄ってきます。後ずさりしてもついてきます。走り出すと追いかけられ、トンネルの出口まで来たところで手を摑まれ離してくれません。弘も手を強く握られトンネルに引きずりこまれていきます。トンネルから抜け出そうと汗だくになり、息が苦しくなってきました。

さらに二人の背中を突く者もいます。恐る恐る振り返ると愛先生が心配そうにのぞいています。

汗だくの二人のおでこには大きなたんこぶができていました。

保育園のさよなら

僕がやっと寝返りを始めたころ
母さんをけんめいに目で追った
これが僕の最初のさようなら
目と目のさようなら

私がまだママとしか言えなかったとき
母さんにしがみついたのに
無理やり引き離された
いたい　いたい　さようなら

僕がじだんだ踏んで大騒ぎして
母さんに飛びついたのは

妹みたいにしてほしかったから
赤ちゃん返りのさようなら

私の悲しい顔は
母さんを　もっと悲しい
顔にすると知った日から
静かに　さよならが言えました

僕が元気にさよならが
言えるようになったのは
働く母さんの手が　未来を
作っていると知ったから

六歳のちいさな別れは
さよならに　さよならすること

ワハハハのはなし

どんぐり山保育園は奥山のふもとにあります。年長児の空組、年中児の大地組、年少児の海組、二歳児の山組、一歳児の川組、赤ちゃんの泉組があります。百人の子どもたちが通っています。

空組の太郎《たろう》と洋介《ようすけ》は大きなタイヤを園庭の小山に運び上げ、転がして遊んでいました。ダンプカー用のタイヤなので、簡単には上がりません。下から支える太郎の足が滑りました。上で引っ張っていた洋介は、こらえきれず手を放してしまいました。

「あ」

と叫んだ時にはタイヤは転げ落ち花壇の石垣で跳ね上がり、通りかかったふうちゃんにぶつかってしまいました。タイヤは転がり続けフェンスに当たりやっと止まりました。

ふうちゃんはあまりの痛さに泣き出してしまいました。唇も切れ血も流れています。クラスの子どもたちが心配して集まってきました。

「ふうちゃん、だいじょうぶ」

と声をかけるのですが泣き止みません。和子《かずこ》が差し出したハンカチを口に当てると血で真っ赤になりました。

「たいへん、ハンカチが血で」

と言いかけ和子は急いで智子先生を呼びに行きました。太郎と洋介は心配して近づきましたが、声をかけることも、謝ることもできません。

先生が大急ぎでやってきました。

「ふうちゃん」

と先生が声をかけるのですが、しゃくりあげ、泣き止みません。

太郎と洋介にクラスの子どもが詰め寄ります。

「あやまれ」

と言うのですが、

「足が滑ったから」

と思うと、素直に謝れません。もじもじしていた太郎はふちゃんの足元に血の付いた白い物を見つけました。それを拾い上げると大きな声で叫びました。

「子どもの歯が抜けただけだから平気だよ。見ろよ」

と差し出しました。洋介も安心したのか、

「上の歯は縁下、下の歯は屋根に投げれば直ぐ大人の歯がはえてくるぞ」

とあごを突き出して言いました。皆はほっとしました。

年長組の子どもたちの自慢は、大人の歯が生えることです。クラスの誰もが、ぐらぐらすると友達に触らせ自慢していました。


ふうちゃんの、小さくなっていた泣き声が急に大きくなりました。

「抜けたのは子どもの歯じゃない、最初に生えた大人の歯なの」

と訴えるのです。

智子先生は、びっくりして太郎から歯を取り上げました。よく見ると子どもの歯とは違います。抜けた先がとがっています。先生は慌ててふうちゃんの手を引いて職員室に走り、救急車を呼びました。

しばらくすると「ピポー、ピポー」とサイレンを鳴らした救急車が到着しました。保育園の子どもたちは本物の白い救急車が来たので大騒ぎとなりました。智子先生は、ふうちゃんと救急車に乗り込みました。

救急車は十分ほどで、嘱託医のヤギ歯科院に到着しました。白いひげをはやしたヤギ先生は智子先生とふうちゃんの心配をよそに、抜けた歯を眺め、感心したように、

「めーずらし。名前と同じ歯じゃ。メー」

とヤギの様になりました。ふうちゃんの歯は名前の富士子《ふじこ》と同じ富士山の形をしていたからです。ヤギ先生は口の中をよく消毒したあと、富士山の歯に命令しました。

「わははの歯は、わが母からの歯、笑わにゃならん、しゃべらにゃならん、宝の歯、もぐもぐもぐの歯、かまにゃならん、歌わなにゃならん、強うならにゃならんぞ」

と歯に命令しました。

すると歯は、プルンと口に滑り込んでいきました。歯が元に戻ると、ふうちゃんも泣き止みました。歯も喜びました。ヤギ先生は、

「あなたの名前のように立派な歯じゃ。めーずらし歯じゃ」

とメへへエとやぎのように笑いました。

ふうちゃんも、名前と同じ富士山の歯でよかったと思いました。

卒園式

子どもたちさようなら
保育園から　さようなら
二度と戻れない処の　最初のさようなら

無理やり母さんから
引き離された日もあった
家族の都合で休んでも
君なりの理由では　休めない処

楽しいことばかりでは　なかったろう
悲しいことも　たくさんあったろう
とにかく　それらをひっくるめて

丸めて　さよならだ

働く母さんは　忙しい
仕事する手と母の手　両方を持っている
だから　時々使い方を間違えてしまう

働く母さんは　欲張りだ
汗と涙を一緒に流している
だから　余計塩辛い

働く母さんは　恥ずかしがり屋
だから　君を力いっぱい抱きしめない
どんなにうれしくても　照れ笑い
今日は　君と一緒に表彰台
おめでとう子どもたち

おめでとう　働く母さん
新たな希望と闘志を沸き立たせる時がきた
働く仲間を大切にする母さんの
子どもたち　さようなら
働くことを誇りにする母さんの子よ
さようなら

第三部　詩編

シンメトリー

ある男
右手に金槌　左手にクギ
楽しい家を建てた
ある男
右手にクギ　左手に金槌
自分の手を打ち大泣きした

ある女
左頬を打ち　右頬にキス
たくさんの子宝に恵まれた
ある女
左頬にキス　右頬を打った

四十過ぎても夜の街を徘徊した

ある老人
右手に杖　左手に金
百まで生きて大往生
ある老人
右手に金　左手に杖
老人ホームでため息三昧

あるパン屋
左目でウインク　右目で笑う
客が列をなした
あるパン屋
左目で笑い　右目でウインク
小麦粉が目に入り眼医者通い

ある運転手
左足でクラッチ　右足でブレーキ
難なくカーブをやり過ごす
ある運転手
左足でブレーキ　右足でアクセル
アッという間に谷底へ

ある政治家
右耳で民の声　左の耳で銭の音
貧しかったが名をはせる
ある政治家
右耳で銭の音　左の耳で民の声
財を成したが被告席

ある子豚
左の鼻穴で匂い嗅ぎ　右の鼻穴で息をした

程よく太って種豚に納まる
ある子豚
左の鼻穴で息をし　右の鼻穴で匂い嗅いだ
丸まる太って肉屋の店先へ

蟻

蟻が
大きな砂糖の粒を見つけ
喜び　仲間と分かち合った

人間が
スプーン一杯ほどの幸せをこぼした
嘆き悲しみ　人生を捨ててしまった

神様が
米粒ほどの星を造った
欲にかられ領土争いを繰り返す

アゲハ蝶

毛虫は　空飛ぶ自由に憧れ
毎日大気の流れを読んでいた
醜さと不甲斐なさを恥じたが
かすかな予感はあった

何物であるのか摑めないまま
空腹に負け
むさぼり食らうばかりの自分に
なかなか未来は見えてこなかった
体を持て余し　嫌悪感に襲われ
糸を吐き
自らを十字架にかけた

ままならぬ自分を呪った

かすかな予感を頼りに
来るべき日を待った
十デシベルの雨音で　目覚め
陽にさらされると
胸の高鳴りは際限もなく
苦し紛れに
体を引き伸ばした

さー　飛べ
さー　飛べ

自分を奮い立たせて
変身を遂げた
願いはかなえられた

憧れの空を手に入れたが
凪なしでは生きられなくなった
私は私になったのか
私は私でなくなったのか
この私は

私をして私たらしめよ

私の心に投げかけるものを持つ人々よ
聞いてほしい
自由と権利のはきちがえをしている
私というものが分かったと　おっしゃる
あの日とこの日が溶け合って
私が成り立った　ともおっしゃる
いつまでたっても半人前だと
人間もどきのようなものだと
私の全てが疑似物だと
投げつけられた言葉の根っこは　同じ
「生かさぬように　殺さぬように」

生きたい　私として
私でありたい
追い詰められ　急き立てられ
庇護され　失敗する体験も許されず
跪いて　生きていけと
人間をして人間たらしめる　決まり事の数々
それをマスターしなければ
一人前になれないと　おっしゃるけれど
私は　私を失ってしまう
私なしに私を決めないで

平成が去る

バランス感覚だけが　はばを利かす
太宰の鮮烈さを味わわず
啄木の一途さも育てず
賢治の質素を守れず
ダラダラ列をなし　安心材料を追い求める
独りよがりの妄想を作り上げ
仮想空間を広げていく
さもしい配慮と気配りで
その場をやりすごす
モヤモヤを　ゲーム感覚で紛らわす
燃え尽きる同僚を　見て見ぬふり
心の絆深めず

人と人の間隔ばかり気にかけ
ズルズル　ずる賢くなっていき
すれっからしのバーコードで
懐具合を探り当て
ジャリジャリ小銭を貯めていく
ささくれ立った心でしか　引っかかりが
持てなくなり
消化できない電算スピードに
追い立てられ
モタモタすれば
胃もたれが待っている

ガラガラポンして
平成が逃げ去っていく
平静になれない
私

紫煙

親父が　新生からハイライトに
替えたのは　いつの頃だったろう
少年飛行兵だった親父は
敗戦を機に　新生を遂げえたのだろうか
農民としてあがいた日々に
人生のハイライトが
どれほど当たったのだろう
農家の長男坊としての気負いが
一族郎党との軋みを生み
妻に翻弄され
ニコチン中毒だと苦笑していたが
案の定　肺がんで逝ってしまった

ひどい有様で検体に求められるほどであった
農政に振り回され
機械だけは買い揃えたが
月月火水木金金の過酷な労働の毎日
周りは百姓をあきらめ
工場勤めに切りかえていく中
意地を張り通した
見事なナスを作る人だったが
安く叩かれた
セロリ　ドラセナ　リンゴ
あれこれ手を出したが
どれも当たらず　借金は減らずじまい
牛舎から火を出してしまい
搾乳も半端に終わった
片肩を下げ　いつも怒った風体をしていたが
夕日に染まり働く姿は神々しく

呼びかけることを躊躇させた
家族の絆を引き寄せることもできぬまま
人生を終えていった
最後に吸ったセブンスターは　やっぱり
親父には似合わなかった

地球カレンダー

（宇宙史150億年　地球史46億年　宇宙史上の1秒が　地球上では475日に相当
46億の歴史を365日の1年カレンダーに変換）

地球カレンダー　1月1日午前0時

ビッグバーンに呼応し
　元素　素粒子　原子核　中性子
ダークマターが飛び散っていく
時間軸が成立しても
行く末も過去の影も感じえない
おぼつかなさ
間延びした　静かで気長な空間

ただ　ただ　あればよいのか
その生あくびを繰り返し　膨張していく
星雲の不満分子がふきだまりに集まり
一気呵成　エネルギーを蓄積し
密やかに革命が準備されていった
幼稚な革命は敵もなく
万変万異の　大きなうねりに
ほだされ　おだてられ
混と沌は　傍若無人に　固められ
あれよあれよと　塊となり
天変地異を繰り返し
夢覚めぬ間に　海となり　地となり
原始地球が誕生した
46億年前のこと

地球カレンダー　2月16日

灰白色の悪臭漂う大海に
抑えきれない気泡が膨らんでは消える
未だ　無機物
愚鈍な天幕を隕石が引き裂き　雷光が走る
破れた幕間から　太陽光線が地に突き刺さる
面食らった泡は水素と化し　ヤクザなCO^2に騙され黄鉄鉱で還元され
有機と化した
許されることは　少
満たされることは　微
けれど　時間をかけ　化学式は複雑を極めていった
未だ　命は成り立たず
運命は目覚めない
44億年前のこと

地球カレンダー　10月16日

生でも死でもない　なにか
我も汝もない　なにか
私はあなたであり　あなたは私である
永遠の私自身は存在しないが　確かななにか
あなたから派生し　多様性を信条に変化する
ループ上の連続線を行き来している　なにか
今日　産まれ明日には死に
あなたの名で蘇る　なにか
時に母の名で生きたり　猫をしてみたり
ススキとして枯れることもある
　ＤＮＡを共有し始めた　なにか
同じ時空で行き来し　時に転生する
時間連鎖上のプラットホームに降り立ち
時刻表を眺めている　なにかが
昨日までの親子　明日からの恋人

千年前の敵味方
縁を作りだしていく
愛し憎み　歌い　泣き　笑い

カンブリア駅は
40億年の命の始発駅
宇宙誕生以来の綱渡りとバトンタッチ
とどまり　滞《とどこお》ることは
許されない
生命と名づけられたかぎりは

地球力レンダー　12月23日

目じりを上げ　荒い息をひそめる
生体であるが故　絶えず怯える
餌を求めて　餌となる

古生代石灰紀ミシシッピー紀
古代ワニのヒッピー野郎
鼻先を掠めるものは　全て敵
己を守るために　恐怖を表出させる
一瞬を許してはならぬ
息を飲め　ため息を洩らすな
いらざることを望むな
小心さと狡猾さを握りしめ
ネラエ
おごり高ぶる生体を屠れ　胃袋に流し込め
その皮の下の肉の中の骨に
恨みと憎しみと虚しさを　突き刺せ
鼓舞しろ　たじろぐな
凶器が闊歩する
1億年前のこと

地球カレンダー　12月28日9時

木から木へと　思うように飛び移れない
滑り落ちる
毛並みが悪い
狭鼻猿は逃げ回る
正統派に　追われに追われ
逃げ場を失い　大地に恐る恐る足を置く
屈辱的な　二足歩行で
逃げ回る　草むらに身を隠す
情けなくも　素手で闘えない
木切れや石を使いたがる
女々しいかぎりだ
これを猿の危機と
呼ばずにおられようか
近頃の若いのには　困ったものだ
二千万年前の　捨て台詞

地球カレンダー　12月31日10時33分

男どもが引き揚げてくる
祝いだ
野牛と獅子を仕留めてきた
祭だ
今宵は神々が降りてくる
子どもたちが　獲物に群がる
長が　上気し唱える
貝飾り　念入りな入れ墨
私はキレイ
男たちは　私に夢中
神々も　はやしたてる
良き子種を植え付けろと
思いをたぎらせた男が
私に跳びかかる
燃え盛る火の神に　誓おう

勇者を生むことを
子どもたちがはしゃぎ回る
祭だ

地球カレンダー12月31日12時53分

食い物が手に入らない
大地が干上がってしまった
父ちゃんが　黙って穴を掘る
母ちゃんが　紙を濡らす
私は　終わってしまう
温かな　子守唄も聞かず
這うことも　歩くこともなく
終わってしまう
一度も怒られず　一度も喜ばれず
誰も　私を知らない

文句を言わず　働くから
村一番の　機織りになるから
器量の良い　女郎になるかもしれない
助けて　助けて
母ちゃんは　乳房を含ませた
父ちゃんは　ムシロ藁を敷いた
草が生え　骨はすぐ溶ける
誰も知らない
誰も助けてくれない
私にならないで　終わってしまった

地球カレンダー　12月31日23時57分

戦争が　作られた
男たちに召集令状が　まかれた
兵隊は　どこにでも行く

青い正義と赤い正義が戦った
白い正義と黒い正義が戦った
黄色い正義と緑の正義の戦いもあった
石ころ飲みこんで戦った
動くものは　全て敵で
弾に当たるものは　皆バカで
兵隊が　帰ってきたが
使用価値を　無くしていた
また
戦争が　始まった

地球カレンダー　12月31日23時59分59秒

おーい
おーい
人間はいるのかー

まだ　息をしているのかー
おーい　おーい
お前は　誰だー
おーい　おーい
俺は　何だー
おーい
人間は　どこに　いるんだー
出て　来ーい
おーい　おーい
応えてくれ
おーい
おーい

宇宙の奇跡の星として　かつてブループラネットが存在していました
ホモサピエンスが君臨し
みごとに進化を遂げつくし

消えた
欲望の惑星
　何度も警鐘は鳴らされたはずなのに

春の行き着いた先に

深川の濁る川土手にも　春はきます
コンクリートに固められ窒息させられた土手
葦は　いまだ芽をだせない
古い遊郭を抱え込んでいた街
三月十日　数ある橋を渡ってみました
油浮く運河
出口のない河に　沈む
朽ちた木造船
　花桃　梅　春菊
どどっと　頭だけ光っている
切り取られた春　線香が煙る
三月十日　彼岸まで数日

東京に空襲警報のサイレンが鳴り響き
火に追われた人々が飛び込んだ岸辺
あっけなく賽の河原にたどり着いた
青い目のふざけた笑いを感じる
プロパガンダに酔い　考える時間もなかった
お国のため　お国のためと
念じて耐えたのに

相対的な認識を　置き去りにして
祈らなくてはならない　この日
東陽町と明るい名を今は持ち
東西線快速の停まる駅にとなったが

マザー

毒を飲み　乳を与える　マザー
欲望満たすため　子に魔法かける　マザー
わが子の死を望む　マザー
良妻賢母の暗示がかけられなかった　マザー
神にわが子を捧げてしまった　マザー
子におんぶされている　マザー
わが子をアクセサリーの一つに加えた　マザー
老後の保険にと子育てする　マザー
子を愛しすぎ　心奪った　マザー
わが子へ　怒りぶつける　マザー

母と子の距離は様々

子宮という神の器に守られ生まれ命育む
グレートマザーよ
だいじょうぶ　だいじょうぶ
太陽にならなくても
皆と耕せ
欲張らず　強がらず
あきらめず　ひるまず
実りは神のもの　汗は母のもの

死集

死をおいしく料理する　コック
死を弄ぶ思春期の刹那
死を予感し添い寝する母親
死をしめやかに奏でる音楽家
死を集め金貯める坊主
死を見せびらかす貴婦人
死を売買する商社
銀幕の死の影に親しみ覚える年寄り
死を育てる養豚家
死を着こなす美人
死とケンカする病人
死と裏取引する医者

死の香りを楽しむ香道家

死を組み立て金を儲け
死を飲み　死を食べて　命をつなぐ
死を駆け引きに使い　生き抜く
鮟鱇や豚ほどにも役立たない　喰えない肉体
死んでも生意気な奴　国に葬儀代を請求した
死んでも生きているふりをする
もどかしい　もどかしい

死に助けられ生を育て
死を積み上げ文明が築かれた
やがて　生あるものは死にたどり着くが
此処かしこに死は息づき
生を支え　励ます

保父と呼ばれていた

催奇性試験の研究所を飛び出しての事だった
命の輝きに飢えての無鉄砲な　転職
何千匹もの動物の命を奪った末の　覚悟
解剖臭が体に染みつき
肉が食べられなくなっていた
望んだ研究職
前臨床試験は医学の進歩に必要不可欠
己を鼓舞し励ましたが
もたなかった
親の失望を見た　仲間は笑った

家庭機能低下と

女性の社会進出を迎えていた時代での事
時代は　なぜ保父と呼ぼうとしたのだろう
なぜ保父を受け入れたのだろう

時代を押し進める男女共同参画の先駆けか
家父長制復古への企てか
ただのノスタルジーであったのか

「男保母」と
女々しさ　不甲斐なさをなじる人もいたが
今は男も女も　確立した保育士

資本主義経済の必然が
パンドラの箱に手をかけ
「保育園落ちた。日本死ね。」の
雄叫びを合図に

家族神話は砕け散り
ＤＶ虐待　引きこもり　不登校
非婚少子化　ヤングケアラー　老老介護
益々拡散を続けている

チャンピオン

コウタロウガ死ニマシタ
中学生ヲ　一日ダケシマシタ
先天性代謝異常デシタ
トテモ珍シイ病気デ
「生存例稀有」ト
オ医者様ニ　大切ニサレタソウデス
三歳マデ　歩ケマセンデシタ
白イベッドガ　全テデシタ
ソコハ　野原デアリ
砂場デシタ
ソコハ　公園デアリ
プールデシタ

ソコハ　乳房《ちぶさ》デアリ
レストランデシタ
ソコハ　母デモアリ
父デモアリマシタ

五歳ニナリ
コウタロウハ保育園ニモグリコミマシタ
大キナ前歯ヲ出シ　ヨク笑イマシタ
楽シミハ　一ツダケ
ソレハ　ボールペン隠シ
看護記録用ノペンヲ隠シ　看護師ヲ
困ラセ遊ンデイタカラ
保育園デペンガ　次々無クナリマシタ
教室ノ白イカーテンガ　風ニソヨグト
故郷ノ病棟ヲ　懐カシム顔ニナッテイマシタ
六歳ノ誕生日ニ

日本チャンピオンニナリマシタ
生存事例稀有ノ闘イデ
ソノ後十三年間　昼夜ナク
沢山薬ヲ飲ミ続ケ
コウタロウハ　チャンピオンベルトヲ
一人　グタグタニナリナガラ
守リ続ケマシタ
母ハ祈リ
父ハ金ヲ払ウタメ
長距離トラックヲ走ラセ続ケマシタ
未ダ　コノ記録ヲ破ル者ハ　現レマセン
コウタロウハ
中学生チャンピオンニモナリマシタ
一日ダケデシタガ
チャンピオンの骨ハ　薬漬ケデ
何モ残リマセンデシタガ

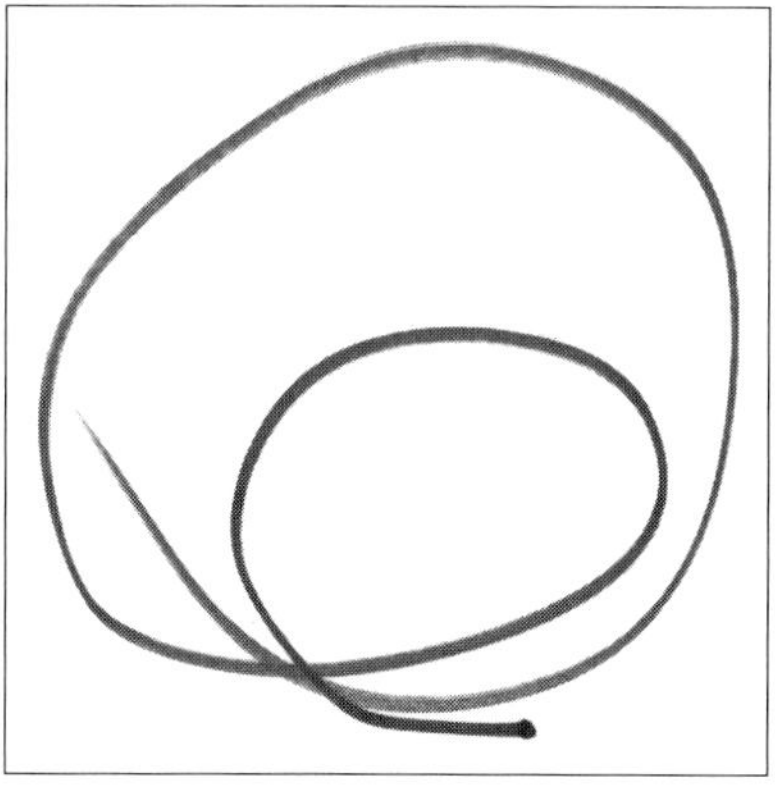

前歯ハ　見事ニ残リマシタ
コウタロウ　君ハ
笑顔ノ日本チャンピオン

春夏秋冬

Ⅰ

命のはる
樹木は枝をはる
草花は根をはる
時に氷もはる
一年生が胸をはる
はるかな夢追い

Ⅱ

のらりくらり春
きらりひかり夏

はらりひらり秋
からりつらり冬
さらり願い
すらりかわし
ゆらり生きる
心はいつも　らりるれろ

Ⅲ

見栄はる　春子
言いはなつ　夏子
あきれる　秋子
ふゆかいな　冬子
はるばる　春子
なつかしさに　夏子
あきらめられない　秋子

ふゆうする思念にとまどう　冬子

Ⅳ

春は目出たく松竹梅
なにを松
はば竹よ
心のみぞ梅
春は目出たく松竹梅
松松（しょうしょう）のことで
弱気になると胃は竹竹竹（ちくちくちく）
そんな自分と梅梅梅（ばいばいばい）
春は目出たく松竹梅

Ⅴ

春先　慌てて芽をだし　あせるセリ
一坪農園は息が詰まると　号泣するゴキュウ
不平不満をベラベラまくし立てる　ハマベラ
我関せずとすます　スズナにナズナ
ほっとけと　唯我独尊の　ホトケノザ

Ⅵ

夢は　ゆらら
雪ん子　ひらら
軒下　つらら
朝日に　きらら
今年も　すらら
元気に　ららら
春　うらら

引き売り

花を売る
野菜を売る
心で売る
花はいらんか　心を買わんか
野菜育て　真心を売る
清楚な空気と混じりけのない水
これさえあれば　どこでも育つ
お前さんもやってみないか
気を配ることは　二つ
一つは病気
ニヒリズム　自信過多過少症　独りよがり症
この三大病に気をつければ　大丈夫

もう一つは　肥料
化学肥料はもってのほか
質素　隣人愛　我流夢
　この三要素を
ほどよく　ほどほどに
命を育てて　夢を添えて売る
野菜はいらんか　心はいらんか
売るにはコツがいる
バラ売り　バーゲンはご法度
客に媚びてはいけない
売り惜しみは　論外
包装リボンでごまかすな
笑顔で　そっと渡せばよい
これで商売繁盛　間違いなし
言い忘れたことが一つあった
心を売りつくしてはいけない

一つは残しておきなよ
最後のそれは
自分のためのもの
神様ではないのだから

勤続十年の節目に贈る言葉

I

君は　愛の歌を歌っているか　今も

あの頃　君は　理想を追い
ロープの上を綱渡りしていた
先を見つめる君は　気づきもしない
向こう見ずの危なっかしさに
酔いしれて歌っていた愛の歌
ためらいのない　よどみもない
愛の歌

すでに　十年余の時が流れた

君は　どこに向かって歩いている

家族を得ての歩みは　変わったか
青臭い理想は　地に落としたか
ロープの細さに気づき　たじろいではいないか
「フツウ」に過反応する職業を選び
「フツウ」を追っかけまわし
追いつかない己の足に
罵声を浴びせていないか

ノーマライゼイション　インクルージョン　自己選択自己決定
湧き出る時代の言葉を紡ぎ
ギリギリ　ギリギリ　締め上げ
自ら　ロープを編み上げろ　その上を歩め
聞き覚えた言葉を繋げるだけでは
切れてしまう

家族は　揺れる君を支える天秤棒
君を押し進める
横風にひるむことなく　歌え　愛の歌

Ⅱ

人の歩みは　答え探しと答え合わせを繰り返すことかもしれない
年輪を重ね　大木を夢見る者の宿命か
答えを見つけていないのに　答え合わせをしてしまうことがある
イチかバチかの二者択一に　身を任せることもある
五者択一の曖昧さに紛れ　自分を納得させる人もいる
己を鼓舞しなければ得られない　自由回答
正解のない問いかけは

もどかしさだけを残すのか
それとも魂の蘇生をもたらすのか

世の中は　自己選択と自己決定を
強引に求めてくる
とどのつまりに　自己責任へと追い立てる

大切な答えはどこにある
誰も教えてくれない　たとえ正しい
母親であっても
光と影のはざまをさまよった
十年の時を思う
探し求めることを目的にしたなら
年輪は刻めない
鮮明な発色も伴わない
切り倒されるまでは

ことの本質を確かめることすらできない

家族の歴史が投げかけた難問
成長に伴う自作自演の宿題
神が託した問いもある
受け取ったなら　あがき　傷つけ傷つき
答えをつかみ取らなくてはならない

十年目の答え合わせが始まっている

人間は悲しく作られている

どうやったって　若い奴らには敵わない

かつてデータ入力のパンチング作業は
コンピューターの面倒な手作業で
何回も紙リールを繋ぎ直したが
合点して働いていた
セキュリティーは要らず
大らかに有意差を算出していたから

苦々しいのは
進歩に追いつけないはがゆさ　ではなく
人間を疑うことを前提に

社会が作り替えられていく様だ

公務員や警察と名乗られれば
金を簡単に振り込んでしまう
同胞よ　後期高齢者よ
悲しむな
真善美を信条に　生きてきたのだから
貧窮問答歌のごとくの醜さを晒し
不審者扱いされ　固まっている
　身につまされる　日々だとしても

「人生百歳時代」の　上から目線の
褒め言葉でもない言葉が
ちゅうぶらりんに吊されている
ほだされるものか
金儲けを企む　虎の子狙いの画策はしたたたか

人間は悲しく作られているのだから
早々　潔くできない
ほどほど　ほどよく　葬られればよいが
地球より重い命が堆積し　誰も支えられない

人間は悲しく作られているのだから
いかんとも　しがたいのだが
されど　されとて

あとがき

文章を書き連ねたのはハンディを持った子ども達との出会いがあったからです。子ども達はハンディが有ろうが無かろうが今日という日を目いっぱい生きています。日々の関わりの中で共にすごした子どもたちの姿を思い浮かべ創作しました。第三部の詩編は保育や生活支援の中で窮した時の戸惑いであり、誰かに助けを求めて発したSOSでもあります。

実際の福祉の現場でハンディを持った子の親御さんから投げかけられた、「まじめに生きてきたのになぜ私が授かるの」の問いや「あの日、なぜ高熱の我が子を病院に連れて行かなかったのか」と自責の念を洩らす声に答えるすべや力量は私にはありませんでした。

かつて、生命の進化の過程で誕生した原核生物中心の時代においては、普通でないことが普通として成り立っていたようです。変異異形異化が当たり前とされ、生体の変容を繰り返し、結果として人類の誕生にまでに至ったと言われています。

現在、障害者権利条約の検証作業が始まっています。更なる一歩を踏み出す努力が日本人には求められています。次の時代では障害もひとつの個性として認められ、多様な文化が開き、それぞれがそれぞれに切磋琢磨しあい、心のバリアフリー化が推し進められ、ハンディを持った人々と家族が条約や宣言に守られなくても、鼻歌交じりの生活が普通に送れる時代の到来を願っています。

なお、文中の挿絵は著者が関わる児童発達支援事業所の子どもたちの作品を使わせて頂きました。

著者プロフィール

大羽 洋（おおば ひろし）

1952年生まれ。静岡県出身。
男性保育士にとっての黎明期に保育に携わった後、言語聴覚士・公認心理士として療育や発達相談の職務を続けてきました。
既刊著書
詩集『やじろべえの手荷物』（日本文学館　2005年）
詩集『十四歳のカラス』（文芸社　2014年）

保父と呼ばれていた

2023年６月15日　初版第１刷発行

著　者　大羽 洋
発行者　瓜谷 綱延
発行所　株式会社文芸社
〒160-0022　東京都新宿区新宿1－10－1
電話　03-5369-3060（代表）
03-5369-2299（販売）

印刷所　株式会社暁印刷

ISBN978-4-286-24145-6